ドリアン・グレイの激しすぎる憂鬱

contents

illustration : 麻々原絵里依

ドリアン・グレイの
激しすぎる憂鬱

少し戻って、如月の二十六夜が過ぎた大潮の日は、世間ではバレンタインデーというもので激しく盛り上がったり激しく盛り下がったりしていた。

「チョコレート、欲しいですか?」

怒涛の立春を過ぎて春の気配が漂い始めた西荻窪南口鳥八のカウンターで、いつものように作家東堂大吾の右隣に座っていた歴史校正者の塔野正祐は、涼しい横顔のまま言った。

「……っ……」

口に含んだ辰泉純米に咽て、危うく噴いてしまいそうになった大吾がすんでで口元を押さえる。

美人女優の母に瓜二つながらどんな背景にも埋没することを特技としている地味なスーツの正祐と、色悪と称され男振りはいいが女には散々に非難されるばかりの大吾は、そろそろ出会って二年になる恋人同士だった。

「なんのつもりだ……」

来月三月の春彼岸で出会いから丸二年になるが、会話のほとんどに書物を挟む二人の間に西洋のイベントは無縁で無用だ。

いわんやバレンタインデーなどをやである。

「私は本日の朝、会社の小笠原さんから一ついただきました」

西荻窪は松庵に佇む庵のような歴史校正会社庚申社に勤めている正祐は、社長の小笠原欣也の長女であり受付から事務から経理から全てを取り仕切っている小笠原艶子に、例年通りの上品な義理チョコを一つ振舞われた。

「社長の娘か」

庚申社と長い仕事関係にある老舗出版社の犀星社で書いている時代小説の校正を、全て正祐に預けている大吾は一度乗り込んだこともあって庚申社の事情に甚だ詳しい。

「ええ。とても知的な女性で、毎年とても美しい舶来のチョコレートをくださいます」

「ふうん」

十四歳から二十一歳までを岩手県遠野という田舎で祖父と暮らして、中学高校もろくにいかなかった大吾は、バレンタインデーにはとことん縁がなかった。

「そして昨日、実家の倉庫に世界児童文学全集を取りに参りまして」

「世界か。珍しいな、どうした」

二人が意見を交わす本はだいたい明治大正の日本文学が多く、翻訳物について正祐が語るのに大吾が肩を竦める。

「そろそろ終わりだから、わかさぎの天ぷらだ。塩でね」

鳥八の主人で老翁の百田が、小さな声で言ってカウンターの中から皿をカウンターに置いてくれた。

「わかさぎの肝には磐城壽だな。一合」

熱いうちだと旨そうなわかさぎを眺めて、大吾が日本酒を注文する。

「磐城壽、いいですね。……子どもの頃読んだ短編で、どうしても本として見つからないものがいくつかありまして。我が家にあった世界児童文学全集は、叔父の少年時代のものだったそうなのですが。そこにしか入っていないものがあるのではないかと疑ったんです」

「ああ！　なるほどそういうことがあるかもしれないな……そうか、だからガキの頃に読んだのにいつまでもいつまでもなんだかわからん小説があるんだな！」

そういう短編がいくつかずっと引っかかっていた大吾が、世界児童文学全集に飛びつく。

「あなたにもありますか。そういう、あれはなんだったのかという翻訳作品」

「ある。うちにあったのは父親の子ども時代のものだったから、七十年代か六十年代かその頃の全集のはずだ」

「高度成長期で、中流家庭には文学全集や百科事典が置物のようにあった時代だそうです」

自分たちの幼少期とはまた違った一般家庭の風景があったらしいと、正祐は仕事周りの人間に教えられた話を大吾に聞かせた。

「だがその頃も、日本の中流家庭の家屋は広くなかっただろうに」

「言われればそうですね。面積は変わらないと思いますが……アップライトピアノや、何故なのかあらゆる家庭にガラスケースに入った日本人形と木彫りのクマが存在し」

「……木彫りの熊はじいさんと暮らした遠野にもあったな。あれはなんなんだ」

言われたら遠野では家々にあった同じ熊を思い出して、大吾が困惑する。

「五段の雛人形や、鯉のぼりのある家も多かったそうです」

「物価も高いが、経済的には豊かだったということか。田舎で人の家のものは確かに見たことがある、飾り物みたいなガラスケースの中の百科事典や文学全集を。今度古書店で聞いてみるか」

なるほどその中に入っている小説を追い直すのは興味深いと、大吾は正祐の考えに感嘆していた。

「私は無限の書庫が欲しいと思いながら、実家の物置で目当ての書を捜索しては結局脱線して違う本を座り込んで読んでおりました。そうしましたら、母が」

母が、と、その母親で美人大女優の塔野麗子(れいこ)と同じ顔で言われて、大吾の顔がとてつもなく微妙に曇る。

「以前と、母の話題のときの表情が変わられましたね」

「憐れむな！」

女優塔野麗子は大吾には初恋の人で、つい昨年末自著原作の映画に主演した麗子と対談をした。その際初恋の女優に、世間で悪名高い東堂大吾の最悪の封建主義をよく手入れされた小刀でばっさりと斬られて、初心な心が散々に死んでいるところだ。

「あなたは母に斬られる前は、私を母への恋慕で嬲って悠然と笑う程悪辣だったものを。すっかり変わってしまわれましたね……」

「悪辣だったならすっかり変わってしまわれて何よりだろうが！」

「元々私が愛した人が悪辣だったので、変化には複雑な思いがします」

自分は悪辣さを愛したのではないかと勝手に拗れながら、正祐はカウンターに静かに美しい缶を置いた。

「……なんだこれは」

乳白色の美しい缶には、プラチナの箔が浮いて繊細な縁取りと文様が入っている。真ん中に更に楕円に縁どられた中には、薄紅色に黄色が混ざったようなクラシックな薔薇が描かれ深緑の蔓が添えられていた。

「今日のバレンタインデーにと、母が私に託しました」

「俺にか」

初恋の美人女優にばっさばっさ斬られたはずの大吾が気色ばむのに、正祐が母と同じ瓜実顔を能面に変える。

「おまえな……初恋だぞ？　しかも河童がいるような自然にだけやたら恵まれたど田舎で、じいさんは携帯も持たないからテレビとラジオが一台ずつあっただけで映画のＤＶＤを観るのが精一杯の少年の！」

「いつかまた挑む日があっても同じく斬られるだけでしょうに……何故、懲りないのですか」

つい先だっても、大吾が過去恋人であったこれも随分な美人作家冬嶺瑤子に挑んでこてんぱんにのされるところを目撃してしまった現恋人としては、勝ち目のない年上女性に情人がまた挑みにいくことはなんとしてでも止めたかった。

その無様なことといったら、さしもの正祐も千年の恋も醒めそうな有様だったのだ。

「……それも少年の心だな。今日こそ勝てると毎回自分を信じている。麗子が俺にチョコレートを」

そそくさと缶に手を伸ばした大吾の甲を、かってない強さで正祐が抓り上げる。

「いてっ！　なんなんだよ‼　おまえ、まさかそれは暴力か！」

暴力に訴えるなど全く正祐らしくないと、大吾は困惑の声を上げた。

「様々な思いを指先に込めました。ええ、人生で初めての暴力です」

「何故」

「情人が色を込めて私の産みの母の名前を呼び捨てにし、既に手酷く斬られているのに初恋だからと言ってはしゃぎ」

「だがバレンタインだぞ」

「昨日母に、『馬鹿な男にあげてちょうだい』と言われた美しい舶来のチョコレートですので。

どうぞご堪能なさってください」

能面というよりは最早阿修羅の如き顔つきになった正祐に、大吾は言い返したいことは尽きなかったが降参の白旗を探すことにした。

「おまえと俺のことを知っているのか。お母上は」

だが日頃使用することがほとんどないので、白旗は見つけるのにとても手間取る。

「お正月に実家で私があなたのために無駄な……いえ、手紙を書いていたところを見られてしまいまして。その時はファンレターだと言ったのですが、先生の本の奥付に私の勤め先が記されていることに気づいて」

どうぞ、と、正祐は缶を大吾の方に指先で押した。

「多少はご縁があると察したようです。それで、馬鹿な男にあげてちょうだいと」

白旗を探したまま大吾が、それでも反論の武器を探す。もしかしたら白旗は生まれつき持っていない可能性も充分高かった。

「春琴はそんなに美しかったですか」

我が母故に余計に正祐は、谷崎潤一郎作品は観ることを固辞した。

母親の性的な香りのする映像を観たくないというのは、息子としてはごく普通の感覚だ。

「それはもう……瞼の白いことと言ったら。俺は原作を先に読んでいて、映像を後から探した。多くの女優が演じているが、お母上が俺の頭の中の春琴に最も近かった」

「どのような春琴ですか」

谷崎潤一郎の著書「春琴抄」は、盲目の美女春琴と春琴に生涯仕える佐助との、谷崎らしい退廃と背徳の強く香るかなり偏った性愛を描いた文芸作品だった。

「事細かに語っていいのならば語らせてもらうが」

「直ちにおやめください」

「十四、五のガキだぞこっちは。『春琴抄』なんざ妄想のために存在してるようなもんだ」

春琴と佐助は完全な主従のまま実質夫婦関係で、下僕以下の扱いを受け時には暴力さえ振るわれていた佐助が一体どうやって寝床で春琴をというのは、少年には無限の可能性を秘めたストレートなエロスでしかない。

「私はあまり好きではありません。『春琴抄』は」

「そう言われると、句読点のなさが一体何への挑戦なのかと後から考えたが。小説としては考えたことがない」

夜の友にしていただけで文学作品として捉えたことはないと、大吾は数え切れない程世話になった「春琴抄」に人生で初めて、文学として思いを馳せた。

「篠田さんは『痴人の愛』のナオミだそうです、初恋が。少年の性の牙城ですね、谷崎は」

「確か白洲も……春琴だったような。谷崎というよりは、おまえのお母上だろう。少年たちの初恋のマドンナだ」

嫌々ながら天敵である同業者、白洲絵一の名を口にして女優塔野麗子の魅力に一票を足す。

「全く嬉しくありません。涅槃寂静程も嬉しくありません。そういえば母は今日、白樺出版の九十周年パーティに出席すると言っておりましたが」

ふと、それで麗子が着物の支度をしていたことを思い出して、正祐は猪口を空にしてから大吾を見た。

「あなたは相変わらず、ご出席なさる気がなさそうですね」

先月一月には大手出版社はホテルの広間で新年会を開くのが常だったが、大吾は何か挑戦的な用がない限り興味も見せない。

「お母上がいるなら行けばよかったな。何か白樺出版原作作品の映画にでも出られるのか」

「そのようです」

行けばよかったなどと言いながら、全くそんな気配を見せずにここで自分と当たり前に酒を呑んでいる大吾を、微笑んで正祐は「馬鹿な男」から「愛おしい男」に戻した。

「蛸とフキの炊き合わせだよ」

少し大きめの鉢が百田のよく老いた手からカウンターに置かれて、「へえ」と大吾が言うのに正祐も同じ気持ちになる。

蛸とフキを一緒に食そうなどと正祐は一人では考えないが、こうして百田が炊いてくれるとただただ旨そうだ。

「おやじ、天明純米二合」

「いいですね」

穏やかに頷いた正祐を、大吾もまた何かやさしい目で見る。

「ああ、いい。ホテルでの何かには俺は興味はない。知らない連中の空々しいお世辞の応酬だ」

出版に関わる者の集まりは何もそればかりではないだろうが、大吾にはとても合わない場所だと正祐にはよくわかって、鳥八の質素なカウンターで二人は天明の徳利を差し合った。


実は今年のバレンタインデーは、暦の上では全国的に仏滅だった。

「白洲先生の新刊読ませていただきました。現代文学の旗手と呼ばれるのに相応しい傑作ですね。本当に素晴らしかったです」

欧州資本の都内高層ホテルの広いパーティルームで、現代文学者の中ではまだ若手と評される白洲絵一は、赤いドレスの見知らぬ女性から存分に空々しいお世辞を受けていた。

「現代文学の旗手と呼ばれるのには、僕は微妙な年齢のように思いますが」

スーツは白を好んだが、二月なので薄いグレーに青嵐のネクタイを締めた絵一は髪を上げて、若き日のヘルムート・バーガーと呼ばれている美貌を存分に晒した。

「本当にご謙遜ばかり。控え目でらっしゃるのね。それに近くで拝見すると、プロフィールのお年より随分とお若く見えますわ」

女性は本当に近くで絵一の顔をうっとりと見て、「肌の肌理が」と語り出す。

ヘルムート・バーガーは巨匠ヴィスコンティ監督に愛された俳優で、若い頃はオスカー・ワイルドの「ドリアン・グレイの肖像」を演じた。美しい男の肖像画が、男の代わりにどんどん醜くなっていくという物語だ。

「家から出ないもので、そういう者は年を取りにくいそうです。あまりいいことではありませんね、いい大人が若く見えるということは幼稚なのでしょう。お恥ずかしい限りです」

絵一は家にドリアン・グレイと同じ肖像画があろうとも、今と同じ顔でつまらなく涼しく息もせずに在り続ける自信はあった。

心無い顔で永遠に肖像画は佇むだろう。

好きで美しく生まれついたわけではないし、美しいということは別におもしろいことではない。ドリアン・グレイと違うところは、その美貌に絵一が何も執心がないということだった。

「やさしい先生の作品ときれいなお姿が、ぴったりと合ってらっしゃるわ」

やさしい、とよく掛けられる誉め言葉を聞いて、いつものように絵一はきれいに愛想笑いをしようとした。

だがいつもより、若干頬に力がいる。

「光栄です。あ……失礼」

知人を見つけたという素振りで、名札を見ても誰なのかわからなかった女性から、絵一はなんとか微笑(ほほえ)んで離れた。

しかし五百人規模の披露宴ができるような広間にみっしり人が入ったパーティ会場には、逃げ場などない。

「お飲み物はいかがですか」

きちんと躾(しつ)けられたホテルのボーイから白ワインのグラスを受け取って、絵一はもう外に出たいと廊下を眺めた。

立食形式のこのパーティには、三百人を超える人がいるだろうか。

実のところ絵一は、メディアには戦略的に出ていたが、こうした社交の場は極力避けて鎌倉(かまくら)に引き篭もり作家活動をしていた。

「時間が、長い……」

何故なら顔立ちが美男子の記号と謳(うた)われたヘルムート・バーガーの全盛期程に美しくては、真っ向から顔で売るには悪目立ちが過ぎる自覚があったので、デビュー当時から絵一は草に擬態していた。

我欲がなく前に出ずおとなしくもの静かな文学青年をこの顔で演じたのは、ビジネスとしては大成功を遂げたものの、本来の絵一は我が強いなどという中途半端な我ではない人間だ。

草の擬態は、長時間に及ぶと苦痛を伴ってくる。しかも次から次へと知らない人々と空々しい会話を続けて、早二時間が過ぎた。

「僕は」

そもそも人類のほとんど全てが嫌いなのにこんなにもその人類に溢れた場所は苦痛で仕方がないと、疲労から迂闊にも言葉になってそれが零れ掛ける。

「白洲先生」

背後から老人と思しき作家に声を掛けられて、「危ない」と胸の内で呟いて絵一は薄く微笑んで振り返った。

「これは……はじめまして、花房先生。ご高名は常々伺っております」

「こちらこそ、君の話はよく話題に上るのにこういう場では初めて会ったね。だが誰にでも一目でわかる、写真通りの美男子だ」

老人にしては体格のいい作家の花房慎一郎に笑いかけられて、「とんでもありません」と俯く。

全く来たくなかったこのパーティに絵一が来たのは、こうして花房などに心から肯定的に受け入れられる挨拶をするためだった。

「君がデビューしたのが昨日のようだが、いつの間にか十年以上か。それにしてもなかなか取れないものだねえ。あの賞ばかりは」

「若輩(じゃくはい)ですし、何よりまだ力が及びません。未熟な様を晒してただお恥ずかしい限りです……」

憂いを帯びたまなざしを伏せて、心細さと頼りなさを無理やりに醸(かも)す。

その「賞」は、文学界で最も権威のある賞とも言われていて、花房の言う通り絵一はそればかりはどうしても後一歩で退けられていた。

それでもここ三年ほどは最終選考の五人には必ず入るようになったので、必要なのは「社交」と「忖度(そんたく)」だと、誰に言われたのでもなく今日は選考委員たちに殊勝な顔を見せに来たのだ。

「君の場合はあれじゃないかね。美男子が過ぎて、やっかみで落とされているのかもしれないよ」

腹から出ているような豪快な高笑いを、花房が聞かせる。

「作家ですから、なんの役にも立たない姿です」

むしろ情けないと声を細らせた白洲の手を、不意に遠慮なく花房は握った。

「そんなことはない。美しい者はそれだけで才能だ。その美しさはこうして多くの者に振舞われなくては勿体ない」

この老人が稚児(ちご)趣味であることを、絵一はとうの昔から知っていた。表現に関わる者には少なくないし、珍しいと騒ぐ者も今時いない。公然の秘密のようなものだ。

ただ、絵一がこうして撫で回されるのを受け入れ難く思うだけで。

「恐縮です」

「月に一度赤坂のバーを借り切って、サロンを開いているんだよ。担当者に言っておくから、君も気が向いたら来なさい」

老人だし名のある作家なのでせいぜい眺める程度のことしかするまいとも知っていたが、それにしても作為を持って手をこのように撫でられるのは度し難かった。

「是非に」

花房の目を見て笑って、頭を下げる。

老人の方から手を離すのを待って、絵一はもう一度深く会釈をして場を離れた。


「じ……」

爺、と言いたかったがここもまだ人の耳があるだろうと警戒して、ホテルの最上階にある一番小さなバーカウンターで、絵一はウイスキーを摑んだ。

礼儀正しくきちんとしているのは子どもの頃からのことなので苦ではないが、我欲のない草のように物静かな文学青年を装うには三時間は長過ぎた上に、三人の男に手や肩や頬を撫で回させた。

「アルコールの強いお絞りはないかな」

カウンターの中で黙々と酒と向き合っている同世代のバーテンダーに、可能なら消毒がしたいと尋ねる。

「ウォッカを染み込ませましょうか」

「……飲食物をそれ以外の用途に使用するのは気が引けるね。結構だよ、ありがとう」

三人の選考委員に好きにさせたのでもういいだろうと、二次会に河岸を変える人の群れを離れて絵一はホテル内に一人になれる場所を求めた。

今日はこのホテルの上階のパークビュースイートを、主催の白樺出版から用意されていた。全ての作家に部屋が用意される訳ではない。絵一は寡作とまではいかないが多作ではない割に多くの出版社から小説を発行していて、その一冊一冊が文芸なのによく売れていた。それは現状の出版業界ではあまりにも稀有なことだ。

ヴィスコンティ監督をも魅了したヘルムートによく似た顔立ちに負うところも大きかったが、文壇デビューから十年が過ぎて数字を出し続けているのは、絵一一流の強い共感を呼ぶ方法論の強さだ。

「そういえば、初恋の大女優塔野麗子が来ていたようだが……。自分の営業でご尊顔を拝するどころではなかった」

後一手を詰めてどうしても最高の賞を得たかった絵一は、そのための営業に疲れてカウンターに深いため息を落とした。

何も男色を完全に厭うわけではなかった。昨年の秋口には大女優と同じ顔をした校正者に入れ込んで、鎌倉の自宅に監禁できないものかと画策した。その校正者は三十前の男性だ。

「赤子のようだけれど、あれも男子だった」

文通から始まった独占欲だったので、容姿や性別については後から考えた。肉欲はあそこまで存在が方丈記だと、絵一としても洋館のアンティークのソファに置いて読書する彼を鑑賞したいと思うのが精々ではある。望まれれば手を掛けることも止む無しといったところだ。

だが、新人の頃から機会があれば生きたまま火にくべたいと思っていた同業者が恋人だと知ったことで、その欲は俄に強くはなった。

「あの男が死ぬほど悔しがるかと思うと……」

性の匂いのしない男性の校正者を抱いてみるのも、一興だとは思っている。

自分は完全な異性愛者ではないと、絵一には自覚があった。

ただこれは強固な核なのでどうにもならないが、自らが女性の立場として男に見られることが心から我慢ならない。

日本には古くから念者念弟、主従の契りとしての男色文化が盛んだったが、念弟、従者の立場になることは誰が相手だろうと絵一には許せることではなかった。

何しろ顔がヘルムートなので、少年期、青年期、今に至っても花房のような男の目線には事欠かない。

「僕の顔を見ないでいただけますか」

ふと気づくとバーテンダーが己の顔を無意識に見ていると気づいて、絵一は心臓を抉り取る眼を向けて微笑んだ。

「……失礼いたしました」

バーテンダーはバーテンダーという生き物だと思って油断しがちだが、職業が人格や性癖を変化させる訳がない。

僅かな色を持ってバーテンダーに見られたことを、心の底からそれを忌む絵一は敏感に察知した。特に今日はそこは過敏だ。

「その場合自決する民族がいると、この間自然科学雑誌で読んだが……わからなくはない。ただ、僕の場合は自決はしない」

男に手込めにされた折に、自決しようとは思わない。

致し方なく殺人というハイリスクを冒すであろうと、自分が犯罪者になることだけが心配だ。

だとしたらことに及ばれる前に、必ず相手を完全犯罪にて惨殺しなくてはならないだろう。

唯一、惨殺せずに許すかもしれない人が、絵一には在った。だから余計に、それ以外の男にそうした目線で見られることが耐え難い。

「…………」

ふと、口の中で小さくその人の名前を呼んだ。

途端、一体なんのために自分が今日営業の限りを尽くしたのかと大きな虚しさに襲われる。

確かにあの賞はずっと自分には必要だった。無意識に絵一はそう決めて、賞の獲得に向けて日々を駆けていた。

だがきっと、それらの努力は、本当はもう必要ない。

「お会計をお願いします」

このままここにいては八つ当たりで目の前のバーテンダーを惨殺してしまうかもしれないと、絵一はルームナンバーをサインした。

値段と価値が自分には嚙み合わない高級ホテルのスイートルームに泊まる機会はないだろうから、経験として部屋で呑もうとエレベーター前まで歩く。

「あ！　文芸王子‼」

それにしても疲れ過ぎだと足も重く絵一は、掛けられた軽薄な言葉が自分に向かっているとは少しも気づけなかった。

「ねえねえ、文芸王子だよね。塔野さんの」

塔野、と、洋館に監禁したい校正者の名前を聞いて振り返ると、言葉と同じに軽薄を絵に描いたような金髪の青年が隣に立っていた。

「……こんばんは」

正装だけれど髪型がどうかしているものは、今日の会場にはたくさんいた。表現者には髪の色で人を威嚇するものが多いと、絵一は考察している。

「俺のこと知っててくれたの⁉　王子！」

嬉しそうに破顔した背の高い青年はスーツどころか立派なタキシードを着ていたが、年齢は多く見積もっても二十代後半の彼を絵一は全く知らなかった。

「何処(どこ)かでお目に掛かりましたよね」

恐らくは同業者だが「知らない」と言うには厄介な反応をしてしまったと、だいたいはこれで受け流せる反応を返してやる。

「ウソ！　覚えててくれたんだーっ！　すごい‼　ねえねえ、呑もうよ一緒に！　もー、難しい話ばっかでやんなっちゃった。それに俺じいちゃん子だけど、このパーティにいるじいちゃんたちちょーめんどくさいよー」

一気に青年は長文で語ったが、絵一はその日本語を読解するために長い時間を要した。

「……疲れがかなりきてる……」

金髪だが日本人と思しき青年の日本語に翻訳が必要とはこれいかにと、またため息が深まる。

「もうさ！　聞いてよ王子‼　俺彼女に振られちゃってすっげえ凹んでんのに、文学の蘊蓄(うんちく)聞きにきたんじゃないよー。酒呑みに来たの！　なのにみんな文学が文壇が夏目金之助(なつめきんのすけ)賞がって……なんで金之助なんだよ！　漱石(そうせき)だよね⁉　わっけわかんない！」

夏目金之助とは夏目漱石の本名で、今青年が「わっけわかんない！」と言った賞は絵一が本日爺ども三人に肢体を撫で回させても取りたいと欲しているものだった。

否、取らなくてはならないと決めていたものだ。本当はもう、いらないのに。

結果、絵一は今、金髪と同じくくたくたに疲れている。

「よかったら僕の部屋で呑まないか？」

彼女に振られたというこの青年を、したたかに嬲って軽く憂さを晴らそうと絵一は笑った。

賞がもう自分には必要ない理由についても、今は考えたくない。

「マジで⁉　ラッキー！」

それに、このくらい文学から程遠い金髪の青年と何語かわからない話をするのが今の自分には丁度いいと、少し襟元を緩める。

眩暈がするような疲れのせいで、絵一は完全に自分を見誤った。


午前零時を前に、絵一はパークビュースイートに言葉がわからない青年を招き入れた。

もしかすると外国人である可能性も否めない。

「すっげー！　何この部屋‼　めっちゃきれい！」

果てがきちんと見える夜景を見つめて、分厚いガラスに青年は張り付いた。

「そうだね、きれいかもしれない。何が呑みたい？」

ところで一体何処で会った誰なのかと思ったが気に掛けはせず、ルームサービスのメニューを絵一が青年に差し出す。

「うーん、ビール……」

誰であろうとどうとでもいなせそうな若者だし、この青年と同じく絵一自身も文学の御託や夏目金之助賞候補者の下馬評からできるだけ遠ざかりたかった。

目的が一致した扱いやすそうな青年と少し呑んで、失恋の傷を早く散々に嬲ってやって疲れを癒したい。

「ええええ⁉　ナニこの値段！」

小さく打刻された数字に、青年は目を剝いて声を上げた。

「ホテル価格なんだね」

支払うのが誰だとしても適正価格だろうと、絵一は改めて百平米はある部屋を見渡した。

東京都内の夜景を高層階から見渡す一面強化ガラスの窓。ゆったりした上質な応接セットと、美しくメイクされたキングサイズのベッド。

バスルームも一部が窓に隣接していて、誰にも見られずに解放感を味わいながら入浴できる立地だ。

「だけどただの缶ビールが千円ってどういうこと⁉　富士の山頂なの⁉」

真顔で高値を問う青年の無邪気さに、油断して絵一は噴き出してしまった。

「確かに標高で言ったら同じくらいかもしれないね……」

頭がよさそうにはとても見えないのに回転の速いことを言うと、感心しながらおかしなツボに「富士の山頂」が入る。

「それに払うの白樺の人でしょ？　なんか悪いよ、俺今日帰宅組だし。これ呑も！」

帰宅組ということは見たまま売れない若手作家なのだろうが、出版社にはありがたいがホテルにとっては有難迷惑な礼儀で、青年は安いウイスキーのボトルを取り出した。

「……何処から出したんだい？」

マジックかと目を見張っていると、青年がコンビニの袋を掲げる。

そんなものを最初から手に持っていたと絵一が気づかなかったのは、都内高級ホテルのラウンジにコンビニ袋を持ったタキシードの金髪の青年は全体に情報が多過ぎるので、何か一つか二つを排除したからに違いなかった。

もしかしたら排除した二つ目も在るのかもしれないと用心に至れないほど、絵一は疲れに支配されている。

「いつ、何処で、何故……」

５Ｗ１Ｈを全部聞きたいようなどうでもいいような、投げやりで少しだけ愉快な気持ちになった。

「ワインがいっぱいで呑みたい酒なくて、だからこれ炭酸で割ってもらおうと思って」

そんで買ってきたと、Wのいくつかを青年は答えた。

微笑んで無言で、絵一は青年にメニューの炭酸水の数字を見せた。

「……！　ストレートでいいや、もう。王子もいいよね⁉　俺失恋したから呑みたいだけだもん！」

価格表示に背を向けて、備え付けのグラスニつに青年がなみなみとウイスキーを注ぐ。

「いいよ、ストレートで」

英単語の方が何を言っているのかわかるとグラスを受け取って、絵一は夜景を望むソファに青年と並んで座った。

おかしな夜になったと青嵐の細いネクタイを緩めたら、本当に心身ともに疲れていると実感して疲労が指の先まで巡る。

疲れ、と何度でも自分が違う言葉を、心の中ですり替えていることには気づいていた。

嘘やごまかしは得意とする領域だ。

「あ、無礼講？」

くつろいでいいのかと、青年もタキシードのタイを窮屈そうに毟り取った。上着も脱いで放り、ドレスシャツのボタンも上からいくつか外し始める。

「僕が取った部屋じゃない。好きにしたらいいよ」

「こんなきれいな部屋、泊まることないだろうなあ。彼女と来たかった……」

「振られたのかい」

強い安酒の肴に若者の失恋をどのように嬲ろうかと、絵一は話を聞き始めた。

「そう。今日の昼間だよ。バレンタインデー！」

信じられる!? と青年が、近い距離で絵一を見る。

「呑んで呑んで、王子は振られたりしないいんだろうなあ。モテモテでしょ？ 羨ましいよ」

つまらないお世辞と変わらない言葉だが、解読すると絵一の機嫌は更に陰に入った。振られるもてるも何も、そういう期待を他人にしない。

「そんなことはないよ。王子はやめてくれないかな。そんな年じゃないから」

これがその呼び名を断る一番無難な理由だろうと、年齢を盾にした。

「でも近くで見ると思ったより若いね、白洲先生」

さっき会場にいた女性と同じことを言った青年は、どうやらしっかり自分を把握していると驚く。

「僕の年齢まで知ってるの？」

「うん。前スマホでwikiった」

うぃきったとは一体なんだろうと、略語に慣れない絵一はいつものように忖度上手の自分のペースに青年を上手く乗せられなかった。

「三十六歳？ 七歳だっけ？ もうちょっと若く見えるかも。髪上がってると誰でも年いって見えるじゃん」

じっと絵一の顔を見て、整えている髪に長い指を伸ばして青年は前髪を下ろしてしまう。

「……ちょっと……何するんだ君」

「おじいちゃんみたいな喋り方やめてー！　前髪下ろしてる方がいいよ‼　絶対いい！　すげーきれいな顔だね。びっくり！」

髪を乱した顔を見つめて無邪気に青年が言う言葉が、一瞬無防備にさせられた絵一の耳に乱暴に入ってきた。

「やめてくれないか、容姿の話をされるのはあまり得意じゃない」

うっかり聞き入れそうになってしまったと、絵一が顔を顰めた。

どうとでも御せると思った青年なのに、うっかり擬態の草が取れてしまい何故か会話のペースをリードされていた。

「なんで？　きれいって言われるのやなの？」

問われて、絵一は無言でグラスに唇をつけた。理由を考えると「どうでもいいから」という白洲絵一らしからぬ言葉しか見つからない。黙るために酒を口の中に入れたら、きりがなくてそのまま飲み干してしまった。

「恋人とやり直せないのかい？　電話してみたら」

話を青年に戻そうと、自分にも親身に聞こえる声が出た。

「……うん」

弱る青年を見つめて、そうだ嬲るつもりだったと絵一が目的を思い出す。

「俺、大事にできなかったみたい」

「君は恋人を大切にしそうだよ。とても」

だが人を嬲るにもそれなりに力がいるようで、苦行でしかなかった営業の限りを尽くした心が疲弊しきっていてその力が出なかった。

いつもよりも営業が苦行だったのは、今日、その目的のなさに捕らわれたからだ。

「ありがと。なんか、足りなかったのかな。わかんないけど、でも昼間呼び出されてチョコレートくれるんだってわくわくして会いに行って言われたんだ。昼間だからやり直すのムリ」

「昼間だから？　どうして？」

やさしくするのはとても心地がいいことだとは、絵一も知ってはいた。

心地がいいから、やさしさはとても危険な感情だ。きれいな冷たい水を飲ませるように、自分もまた乾いた喉にその水を流し込むように。

やさしい気持ちに人は簡単に潤ってしまう。

「夜は、気持ちが流されるからって」

ふいに、大人びた目をして悲しそうに青年が笑った。

「昼間は理性で止められることが夜は止められないときがあるから、昼に話したいって」

言われれば確かに、昼間なら理性で享受を拒むやさしさからくる心地よさに、絵一自身今流されている。

確かなことを言う女性だと、感心した。

「完璧な別れ話でしょ？」

「……どうしてそんな聡明な女性とつきあった」

「どういう意味⁉　それ！」

この青年が選ぶ女性がそうした思慮の深さを持っていることは、明るく声を上げた彼の株を少し上げる。

「呑みなさい」

人の評価を作るのに周囲の人間の存在は大きく、だから絵一は周りに人を置かないようにしていた。

「先生みたいな言い方やめてよー」

「君はさっき僕を先生と言ったでしょう」

十か、もっと年下の思慮が足りない青年に先生と呼ばれるのは当然だと、そこは絵一は問題視していない。

「じゃあ名前で呼ぶ。絵一さん」

だが青年の方は、別方向に問題を勝手に移して、勝手に名前で呼び出した彼にまた会話の流れを乱された。

「……絵一さん、か」

不意打ちで、遠い昔に聞いた声が絵一の耳に蘇って、自分でもその音を刻んでしまう。

「どうしたの？」

気勢を下げた絵一の目を、青年が覗き込んだ。

「その音を、久しぶりに聞いたと思って」

「急に、弱い顔になったね」

指を伸ばして、青年が絵一の頬に触れる。

「その方がいいよ」

心配そうに見ているのに青年の手を打ち払いたかったが、裏腹なことを言う彼のために手を上げる力さえ今の絵一にはなかった。

「どうして」

「スキがないのって、くったくたになるでしょ？」

つまらない図星を突かれて、苦笑が零れる。

「……確かに。今日はくたくただ」

思いのほか酒がよく回ると、絵一は座り心地のいいソファに完全に体を預けた。

「えいちさん」

青年に紡がれた音を、自分の唇でもう一度紡いでみる。

もう聞くことはないと思っていた。作家になった日からずっとそう思っていて、今日また、二度と聞くことのない音だと知った音だ。

自分が声にすることがあるとは思わなかった。

いつ以来だろうこの音を自分の唇で奏でるのはと、入り込んではいけない思い出の中に陥りそうになって、また注がれた酒を絵一は一息に呑んだ。


いつも同じ夢を見るのに、見なかったことを絵一は不思議に思いながら目覚めた。

夢のことより今は、考えなくてはならないことがあると知る。

寝床に入れる女にはとことん慎重にならなくてはならない。もっとも見せてはならない己を晒すにも拘わらず、もっとも何をするかわからない危険極まりない存在だ。

「……?」

だからそんなに頻繁に自分は女を得るわけではないのに、覚醒するに従って寝具の中に人肌が在ると気づいて絵一は大いに困惑した。

上質なリネンの感触は自宅のものではない。明るい光が入ってくるのも覚えのない方角だ。人肌は、在る、どころではなく絵一の肌と剝き出しで接していた。

目が見えてくると目の前に平板かつ面積のある胸が存在し、自分よりいささか体格のいい誰かに裸で抱かれているような気がしてならない。

悪い夢だろうか。

「あ、起きちゃった？　すごくきれいだから寝顔見てたのに」

残念、と笑った青年は、伸びすぎた金髪を朗らかな頰に落としていた。

「……君は、誰だ」

「え？　こんなことしといて忘れたの⁉　ひどくない⁉」

覚えず問いかけた絵一に、青年はひどく悲しそうな目をして見せる。

「そうじゃない……」

夜景を見ながらこの部屋のソファで安酒を大量に呑んだ記憶はしっかりあったが、とうとう名前を聞かなかったこの青年が何者なのか絵一は裸でベッドをともにしていてもわからないままだった。

「５Ｗ１Ｈを求める……」

しかし肝心なのは青年の出自や名前よりも、若者だが自分より体格のいい青年に、完全に女性のポジションを取らされて全裸で抱かれて目覚めた理由だ。

「どしたの？　ねえ」

常に予測不能な会話と動きをする青年は、絵一の髪を撫でて瞼に唇を合わせてきた。

「……っ……!!」

そういうことがあったということなのだとはっきり認識せざるを得ず、絵一の右手が無意識に刃物を探す。

「やっぱ髪下ろしてる方が似合うよ。少し可愛くなるね。めっちゃ美人さん。フラれたバレンタインデーの夜にこんな美人さんの恋人できるとか、俺ちょーラッキーだね！」

今年超ついてる！　と、また絵一には翻訳に時間が掛かる言葉を聞いているうちに、青年は手にしていた携帯を翳した。

「やめなさ……っ」

い、まで絵一が言い終えるのを待たずに、慣れた手つきで恐らく青年は二人での写真を自力で撮影してしまう。

「……！」

呆然としている間に絵一は額にくちづけられて、それもシャッター音の中に収められた。

「美人さん大事にするね俺！」

起き上がって伸びをすると、青年がベッドから跳ねるように出る。脱ぎ捨てられていたタキシードを意外にも彼は慣れた様子で、手早く身に着けた。

「コート、クロークに預けたままだ。ねえ絵一さん」

すぐさまあの携帯を奪って破壊しなければならないと絵一に判断はできたが、突然「絵一さん」と呼ばれて身動きが取れなくなる。

「ごめんねハニー、俺今日じいちゃんと将棋指す約束してるんだ。もっとラブラブしてたいけど帰んなきゃ」

すっごく残念と首を振って、ベッドに手をつくと右手に証拠品となる携帯を強く握りしめたまま青年はまた絵一の頬にキスをした。

「……っ……」

携帯を凝視していたせいで、絵一はかつてない隙があった。

「……かーわいい！　連絡先交換しなきゃ。……あ、昨日パーティだったから珍しく名刺持ってる、俺」

上着のポケットから青年は薄い名刺入れを出して、絵一の手に持たせる。

「はい、これ俺の連絡先。明日電話してね。電話してくんなかったら担当さんに訊く、パーティで知り合って彼氏になったんですって言っていい？」

このパークビュースイートのお礼を言わなきゃと、青年はドアに向かった。

「お礼は、僕が言うから。言わなくていい。むしろ言ってはならない……」

ようよう絵一は、口を開いた。

「勝手に誰か泊めたら怒られちゃうか。じゃあ明日ね。約束だよ！」

右手で軽薄極まりないコールの仕草をして、投げキッスまで寄越すと青年はやっと部屋を出て行った。

ただ茫然と、絵一は静まり返った部屋を見まわした。

ソファに、自分の薄いグレーのジャケットと青嵐のネクタイが掛かっている。ネクタイは酒を呑みながら自分で解いたのをきちんと覚えていた。

特別酒が強いわけではないが、酒で醜態を晒したことも記憶を飛ばしたことも一度も経験がなく、今現在二日酔いの様子もないのに何故全裸なのか記憶がすっぽり抜け落ちている。

たとえ人の視線がなくても指を震わすような無様な真似はできず、絵一は与えられた黒のプラスチックの若者らしい名刺を思い切って見た。

「……伊集院(いじゅういん)」

そこには、文壇の末席にもいないが時代小説が大ヒットを飛ばしていて出版業界では何処(どこ)でも話題になる大うつけ者の名前が、ゴシック体で白く抜かれている。

「宙人(そらと)……」

本はよく売れているものの稀代(きたい)の阿呆だと名高い若者の名前を呼び終えて、絵一は息の根が完全に止まって無駄に大きいベッドに倒れた。

「可及的速やかに殺らなくては……」

仏滅のバレンタインデーから五日目の雨水、鎌倉文学館近くの仕事場兼自宅のソファに、絵一は携帯を見つめながら仰向けに横たわっていた。

この洋館は大正時代に着工されたもので、薄いガラスに透かし彫りが入った窓が庭に面した八角形のリビングを気に入って買い取り、一人で暮らしている。

アンティークの家具もきちんと手入れをして、深いブラウンの木彫りで縁取られたソファには古ぼけて見えるモスグリーンのベルベットを張り直した。

ソファと対になっている一人掛けの椅子が二つあって、肘掛けも背もしっかり仕立て直してある。

「珍しいですね。そういったものを手にしているのは」

墨色のスーツ姿の男が、その椅子の一つに座って言った。男は対の椅子によくよく馴染んでいる。

馴染むのは当たり前で、男はこの館を絵一が買い取ってから十年、少なくとも月に一度は通ってきてそうしてそこに座っていた。

「写真を送ってくる者がいて、それで見ている」

自分がヘルムート・バーガーに似ているというのなら、二つ年上のその男はなんの奇縁なのかアラン・ドロンから色気を引いたような面立ちだと絵一はいつも思うが、今日はそんなことを思っている余裕はない。

「いい人でもできましたか」

男に穏やかに問われて、絵一は普段ほとんど乱すことのない表情を険しくさせた。

「……どうなさいました」

問われても答えられないし、写真もとても見せられない。

男に「いい人が」と問われることは絵一には様々思うところあったが、金髪の若者のお陰様で心の容量が占拠されてその負荷については考えないでいられる。

一方的な約束だったが担当者に連絡されてはたまったものではないので、絵一は仕方なく名刺にあった携帯番号に翌日の夜電話を掛けた。

伊集院宙人(いじゅういんそらと)からメッセージアプリを入れて欲しいと言われたが「読書の時間が減るのでそういうものは使用しないことにしている」と固辞したところ、携帯のショートメールという方法であの朝の写真を宙人は絵一に送ってきた。

「お兄ちゃん」

お兄ちゃん、と、絵一が椅子の男に呼び掛ける。

「腕のいい心理士か精神科医を知らないかな」

「……それはもちろん……どうしましたか。治らないと思いますが」

心配を多少露にしながらも、思うところを男は付け加えた。

「治らない？　何が」

「坊っちゃまは治りませんよ」

絵一を坊ちゃまと呼んで、仕方なさそうに男が微笑む。

「僕を坊っちゃまと呼ぶことを、僕は全人類の中で唯一お兄ちゃんにだけ許していることを知ってる？」

「それは光栄です」

「乳母にさえ五歳で禁じた」

屋敷といって差し支えない実家はいくつもの世帯が広大な敷地の中に在って、絵一には物心がついたときにはやさしい乳母がいた。

「覚えてますよ。……ぼくをぼっちゃまとよんだらろうやにいれる！と、竹中さんに」

「おおこわい、ならばあやは牢屋に入りましょうねえと僕を馬鹿にしたばあやを、僕は決して忘れない」

男が乳母の名前を呼んだところを見ると、その乳母は元気でいるようだ。

「あれは可愛がっていたというんですよ」

「僕が可愛かったことは一度もない」

「そんなこともないです」

微妙な言い方をして男が笑う。

夜が深くなって中潮の微かな月が差し入って、黒髪の掛かった男の表情が横たわる絵一から
も見えた。

「もしくは」

動じない男に、聞かせてやろうなどという気持ちの余裕ではなく口を開く。

「性病の専門医に診てもらうべきかもしれない。梅毒が頭に回ったのかもしれないから」

「何があったんですか」

男が声色を固くした。

あの日、絵一は白樺(しらかば)出版にパークビュースイートの高い延長料金を支払わせた。長い時間を
掛けて慎重にキングサイズのベッドを出て、大きなバスタブにたっぷりと湯を溜めて過剰に
ゆっくり入った。

高層のガラス窓から一望できる昼間の東京を眺める心の余裕はもちろんゼロだ。

ぬるま湯の中で、自身の身体の隅々のことを未だかつてなく深々と考え込んだ。

あらぬ場所に考えたくもない何かしらを挿入されたという感覚は、どうやらない。どんなに
あの軽薄な若者が床上手だとしても、絵一にはその経験がないので多少の違和感は残っている

はずだ。

だからそのことについては安堵していいと思ったが、残念ながら何かしらはすっきりしていた。恐らく性的にだ。

「記憶が飛んだ。人生で二度目のことだ」

写真は、前髪を乱して眠っている絵一の寝顔から始まり、全裸でキングサイズのベッドで宙人に抱き寄せられた写真、額に唇を当てられた写真、と、実に十数枚に及んでいた。

以前海外新聞で読んだ、「リベンジ・ポルノ」という言葉が絵一の脳裏を過る。

あの写真データを持たせたまま、無視すると、「リベンジ・ポルノ」の憂き目に遭う可能性は大きい。

「お酒ですか」

ごく当たり前に想像することを、男はしかしとても不可解そうに言った。

「違うよ。自力で記憶を飛ばせるんだ。昔一度飛ばしたことがある。封印ではなくて、宇宙葬のような感じだ」

その宇宙葬で絵一は、夜景を眺めて呑んでいたところからベッドで目覚めるまでの記憶を、ロケットに詰め込んで飛ばしてしまったようだった。

「便利な能力ですね」

「そうでもない。意図してやっているけど、宇宙に葬った記憶は自力では取り戻せない」

人生で二度目の宇宙葬だが、一度目の記憶も絵一は取り戻していなかった。

「それは……宇宙に葬っているのなら、取り戻すことはなかなか難しいかと」

「実際には宇宙には飛ばしていないよ。どういう能力なのか、心理学や精神医学の本を片端から読んでみた。前回飛ばした記憶はもう」

その記憶については宇宙から還すことを、考えたことがない。

「……必要ないが。今回飛ばした記憶は、一刻も早く取り戻したい」

「それで心理士か精神科医ですか。どういった心理構造なんですか?」

「解離性健忘というものじゃないかと思う。短期的な記憶喪失かもしれない。宇宙に飛ばしているのではなく、大きな衝撃が理由で脳神経学上の何かが起こっているはずだ。とにかくなくしてしまった記憶が必要なんだ。今すぐ」

もう携帯の中の写真を見る気になれるはずもなく、壊してしまいそうな強い力で摑んで絵一は指をわなわなと震わせた。

「宇宙に飛ばしてしまった記憶が……」

「葬ったことは間違いだった」

「憔悴(しょうすい)してますね。いずれにしろ心理士を手配します」

プロのカウンセラーが必要だと判断したのか、男が手帳にメモを始める。

今どき紙に書くのかと思う者も多いだろうが、保存するにも流出させないにも、紙に書く方法が最も安全だ。

「……いや、やっぱりいい。無理だ」

戯れにではなく、本気で精神科医の力を借りようと絵一は思って言ったのだが、よく考えて頼みを引っ込めた。

「腕のいいプロを探します」

「記憶が必要な理由も、その前後も僕には誰にも話せない」

「心理士には守秘義務がありますよ」

それは既によく調べていたので、絵一も理解している。

「一人は必ず僕の秘密を知ることになる。その一人を生かしておけるか自信がない」

理解した上で他人に話すと想像すると、無理だということしかわからなかった。

「殺人は困ります」

「わかってるよ。だからもういい」

「何があったんですか」

「ここまでの話を聞いてなかったの、お兄ちゃん」

話せる内容ではないと思い知っただろうにと、絵一が男にため息を吐く。

「殺人を犯すなら、せめて私に留めていただけますと幸いです。揉み消しやすいでしょうから」

「……殺して欲しいの?」

整った面差しでいつも自分には笑顔しか向けない「兄」と呼んでいる男を、ソファに横たわったまま絵一は気だるく見つめた。

「そんなことは申しておりませんよ」

いつもと変わらないトーンで、男が答える。

常ならば絵一には、男とのこの時間はまた別の空気が流れる時だった。

だが今日は、宇宙葬とリベンジ・ポルノと残念ながら肉体的に若干すっきりしていた自分とで頭の中はカオスに乱れて、写真が消えない携帯で金髪の喉を一息に突いてしまいたいと目を閉じた。


二重の殺意を持って、絵一(えいち)はすっかり春めいてきた新宿駅東口に立っていた。

恋人なのに何故会おうとしないのと、毎夜のようにメールや電話が来るので強い理性と自制心が揺らぎかけていたが、完全犯罪とはいざ実行しようとするとかなり難易度が高いと思い知る。

「まず暴力とは無縁に生きてきたところが弱い……」

ロータリーを渡ったところにあるビルの前で晴れ渡った啓蟄の空を見上げて、春の虫たちと同じでこんな昼間に外に出たのは久しぶりだと気づいた。

「あの家には永く棲むつもりだから、呼び寄せて殺して庭の花木の肥料にすればいいとも思うけれど」

それを見張る人生も悪くはないとは何度も真剣に考えたが、青年は自分より十近く若く無駄に高身長で体格もいい。

「あの巨体を一発で仕留められるような劇薬は、入手すれば足がつくし」

元より首を絞めたり刃物で刺したりするには分が悪いので考えなかったが、劇薬も具体的に調べ始めると強い農薬を大量に飲ませるのが自分にできる精一杯だ。

「……問題は、彼が無意味に著名人だということだ。消えたらきっと探す者は多い」

そのとき疑われないためには、まず接点を人に知られてはならない。外で会うのは危険だと悩んだが、家に一度でも呼ぶと近隣の者が知るところになるだろうから、殺る日の深夜一回と決めなくてはならない。

「だが、百花繚乱の肥料が彼だとわかっていて、今後も庭を愛でられるものなのか」

もうすぐそれぞれに咲き乱れ始める広い庭の花木は、絵一にとってとても大切な楽園だった。

楽園の花の下に金髪の阿呆を埋めて、今後花を美しく思えるかは大いに疑問だ。

「ごめん！　待った⁉」

庭の花と肥料用となる金髪の死体問題について絵一が熟考しているところに、当の金髪、伊集院宙人が目の前に現れた。

「……決して、何も、待ってなど、いないよ」

ようよう微笑んで、絵一はこれまでの自分には縁のなかった穴だらけのデニムに黒のトレーナーを見つめた。

ただ黒ならいいが、その模様は何かのお札なのかと尋ねたくなる髑髏と異国の女性がとぐろを巻いている。

「普段も大人なんだねー、そういうの似合う！　きれい！」

絵一は今日なるべく人目につかないように、帽子を被って白いシャツにグレーのスーツを着ていた。

「前髪下ろしてる方が可愛いのにー」

人生で可愛かったことなど一度もないつもりの自尊心も早々に蹴飛ばされ、刑法に於いてはむしろ罪が軽くなる衝動的殺意で絵一はもう宙人を仕留めたかったが、いかんせん力が及ばない。

それに何より先に、写真のデータを地球上から完全削除しなくてはならない。

「観たい映画ってどれ？」

お泊りデートを強く望む宙人に、「早急に物事を進めると破綻が早いのでよしましょう」とメールを打ったところ、絵一は更にメールで「早急」と「破綻」の意味について長々と講義する羽目になった。

「これだよ」

長い講義の末宙人が、「わかった！　焦ってすぐ別れることになったらやだもん‼」と解読不能な絵文字付きで文脈を無駄に理解したので、短い二月が明けた三月頭の今日、映画デートとなった。

「俺おごる」

「チケットは買ってあるよ」

張り切って無造作に尻ポケットに突っ込んである長財布を出した宙人に、絵一がさっき買ったチケットを渡す。

「えー、年下だからかっこつけたかったのに！」

「これが観たいと言ったのは僕だから」

かっこつけたかったと言ってしまったらもう格好はつかないだろうと言いたいのを堪えて、絵一はさっさとビルの中に入った。

チケットを先に買っておいたのは二人でいるところを極力人に見られないためだが、目立ちたくないという絵一の強い願いは無に帰して、金髪高身長の宙人とグレーのスーツのヘルムートは人が振り返って振り返ってどうにもならない。

一刻も早く映画館の暗がりに入らなくてはとエレベーターに乗り込んで帽子を取ると、ふと宙人が体を寄せてきた。

右の掌を、絵一の頬の横の壁につく。

「……キスしちゃダメ？」

暴力と無縁に育ったことを、絵一は凍るような笑顔で何度でも後悔した。

「防犯カメラが見ているよ」

「なんかいい！　それ!!」

婉曲かつはっきりと断ったつもりが、宙人の気に入ってしまう。

絵一が日頃あまり他人と交流しない理由の中に、馬鹿と話したくないという理由があるけれど、それ以前に宙人は何を言っているか理解するのにいちいち大きな苦労が必要だった。

三階で降りて映画館の中に入ると、四つしかない小さなスクリーンのうちの三番の開場時間には早く、ロビーの椅子に早くも疲れ切って座り込む。

外出が少ない絵一だったが、この映画館は気に入っていた。いわゆる単館ものしか扱わず、良作が多い。最近では映画に合わせて小さなロビーをディスプレイすることに凝っているのか、目的の映画のために二十世紀初頭の美しい帽子がいくつも飾られていた。

「はい」

意図して存在を忘れていたが、いつの間にかいなくなっていた宙人がいつの間にか傍らに立っている。

温かいコーヒーを差し出されて、頑張って笑んで絵一は紙コップを受け取った。

「ありがとう」

「コーヒーでよかった？　コーラじゃなくて大丈夫？」

自分はコーラを持っている宙人が、大きく笑う。

「コーヒーがいい」

「やっぱり!?　コーラって感じしないもん！」

どうしてそこでテンションが上がるのか、一つ一つ問いたいというよりは一つ一つ本当にどうでもいいのに何故この青年と一緒にいなければならないのか、絵一は俯いた。

そうだ。完全に殺害するためであったと、目的を思い出す。

「……早くしないと、既に人目についている」

単館系の映画を好む者は偏屈なタイプが多く、ロビーでは皆文庫やパンフレットを開いているが、売店の若い女たちがあからさまに宙人と絵一を見ていた。

「このままでは目撃者を全員……ることになってしまう」

殺るとはようよう声に出さずに、開場を告げる声とともに立ち上がる。

「中に入ろう」

館内は暗く狭いシアターだが一番後ろを取ったので、絵一はさっさと暗闇へと宙人を誘った。

「はあい」

何故その図体で変に幼い返事をするのか尋ねる労を割かずに、もう携帯ごと宙人を庭に埋めてしまいたいとつま先を見る。

入り口で半券を切ってもらって、二人は座り心地のいいシートについた。

左側に座った途端宙人が手を繋ごうとしたのがわかって、絵一がすかさず左手にコーヒーを持ち変える。

「君は、あの日彼女にふられたと言っていたと思ったが……」

「そうだよ」

「僕は男性だけれど」

そもそも根本的な問題としてセクシャリティはどうなっているのかと、唯一尋ねてみたいことを絵一は訊いた。

「俺、美しいものはどっちでもなんでもオッケー。あと年上大好き!」

「そう……」

埋めるのはとても大変そうだが、やはりさっさとこの青年を携帯ごと庭に埋めてしまいたい。

だがそうすると、青年を栄養素とした花を愛でられなくなるだろう。

庭からの風景が見られなくなると、あの洋館に棲めなくなる。

棲めなければ青年と携帯を埋めた庭を見張ることができない。

メビウスの輪が絵一の中でとぐろを巻いている。

「一体……どうしたらいいいんだ」

そんなに長いとも言えない人生かもしれないが、それでも絵一はここまで途方に暮れたことはなかった。

程なく、小さなスクリーンで映画が始まった。

予告は少なく、すぐに本編が流れる。

怜悧な目をした美しい理知的な女性が、一九一三年のオーストリア＝ハンガリー帝国の首都の一つブダペストで帽子を被っていた。にこりともしない女性が親族を探しては誰かもわからない者達に繰り返し、「去れ」と警告される。

ブダペストの街は全て、この女性の目線で映し出される。美しく、硝煙の匂いと退廃を纏っているが大袈裟な効果音や映像はない。

一つの謎を女性は追い続けるが、何もわからないまま二時間を過ぎて映画は終わった。

「……これは」

静かにテロップが下から上がってくるのに、立ち上がる観客は少ない。そもそも館内は二割程度しか埋まっていなかった。

難解などというレベルを超越した映画で、恐らく隣の青年は少しもわからなかっただろうと絵一は予測した。この監督の一作目が傑作だったので観たかっただけで、愚かさや知識のなさを嘲るような幼稚な意地悪をするつもりではなかった。

「全然飽きなかった！」

館内が明るくなって、驚いたように宙人が声を上げる。

「それならよかった」

飽きないのは本当で、二時間以上ずっと女性の追う謎が緊迫をもって気になる内容だ。

「でも全然わかんなかった。どういうこと⁉」

素直に尋ねてきた宙人に、これを意地悪だったと受け取らなかったことに、絵一は呆れた。

「とても難しかったね。多分、答えはないんだと思うけど……僕がこう思った、ということでよかったら説明するけれど」

館内に清掃が入って、二人で椅子から立ち上がる。

「説明して！」

シアターを出ると、出口の横に二十近い映画評を纏めたパネルボードがあった。

どの見出しにも、「わからない」とは書いてある。

「一九一三年は、第一次世界大戦開戦の前の年だ」

「へえ」

へえ、と言われると中学の教科書に載っていたはずだと言いたくもなったが、教科書の記憶もない若者に難解が過ぎる映画を見せた責任を多少は感じていた。

「オーストリア＝ハンガリー帝国は多民族を呑み込んだ大国で、そういう国には不平等や不満や腐敗が蔓延して破裂しそうになっていたのかもしれない。だから戦争が起きた、そう考えるのは自然だ」

「なるほどー」

ロビーにいても仕方がないので、ゆっくりとエレベーターに向かいながら話す。

「皇位継承者フランツ・フェルディナント大公と妻ゾフィーが出てきたね」

「……王子様とお妃さまみたいな偉そうな夫婦？」

「そう。あの二人は翌年、サラエボでセルビア人に暗殺される。それで四年に亘る第一次世界大戦が始まるんだよ」

「なんかそれは教科書に載ってた気がする……」

気のせいではないと細かく突っ込んでやるほどには、絵一は気力がなかった。

「あの女の子のお兄さん、結局見つかったの？」

「多分、お兄さんは革命側のリーダーなんじゃないかな」

「なんで⁉　てゆか出てきた⁉」

なんでという宙人の気持ちもわかりはしたし、絵一もこの答えに確信がある訳ではない。

「彼女の動きで、物事が動乱に向かって動き出した。第一次世界大戦は、結果民主主義のための闘いになった部分もあったと言えるだろう。結果論だけれど、階級社会の崩壊が始まったから」

「ごめんワケわかんない」

エレベーターの中で、宙人はでかい図体でしゅんとした。

「王様がいなくなったりする戦争になった。彼女が最後にいたのはその戦場で、従軍看護師だったから」

「どうしてそれがわかったの？」

「十字の腕章をつけてたからだよ」

魔法や呪術ではないよと、心から不思議そうにしている宙人に覚えず絵一が小さく笑ってしまう。

「大きな動乱や革命、戦争で王室が倒れたり政治が変わるときの真実は、結局誰にもわからないという話なんじゃないかな。一人の目線でどんなに追っても真実はわからない、という物語。僕がそう思っただけで、監督が何が言いたかったのかも監督にしかわからない」

「そうかあ……わかんないよって話だったんだ。なんかそれ、いいね。わかんないの俺だけじゃないんだな」

きれいだったしと笑った宙人は、難解極まりない映画をちゃんと気に入ったようだった。

「じゃあ、今度は俺の観たい映画につきあってくれる？」

「そうだね」

子どものような宙人は映画が気に入ったようだが難し過ぎただろうという気持ちは残って、そんな予定ではなかったが絵一がうっかり頷いてしまう。

伊集院宙人暗殺計画の一歩目だったはずなのに、これではごく普通のデートではないかと春の日差しに絵一はつま先を見た。

今観た映画の中にも惨殺シーンはあって参考資料にすべきだったが、意外にも宙人がおとなしく夢中で観ていたので、絵一も心地よく映画の中に入り込んでしまったのだ。

新宿の最も人通りが多いその名も新宿通りを、宙人はゆっくりと三丁目方面に歩いていく。

とにかく人が多くその速度でしか歩けないが、様々な髪形や服装の輩は山ほどいるのにどうしても宙人と絵一のアンバランスな二人連れは何度でも振り返られた。

「……完全犯罪が、どんどん難しくなっていく」

深く帽子を被ると余計に目立つことには、残念ながら絵一は気づけていない。

往来を歩きたくないが、家に入れるのはしっかりと計画してからでないとと宙人の殺害方法について悩んでいるうちに、大きな交差点を超えて映画館の入ったビルに辿り着いた。

「何が観たいんだい？」

普段絵一には縁のない大型のシネコンでは、数えきれない程たくさんの作品を上映している。

「これ！」

大きな笑顔で宙人が指さしたのは漫画のカラフルな絵で、青と白の丸い猫なのか雪ダルマなのか謎な形態をした髭が左右に三本ずつ生えた生き物と、メガネの児童が笑っていた。

アニメーションというものを、絵一は生まれて初めて観る羽目になった。

「……不覚にも」

若干見入ってしまったと、映画館を出て夕暮れに落ちた新宿通りにため息を落とす。

「おもしろかった？」

自分の感想より先に、宙人は絵一に尋ねた。

「ああ……初めて観たけれど、想像よりおもしろかったよ」

「何を初めて観たの？」

「アニメーションを」

「ウソ⁉　マジで⁉　なんで⁉」

とても単純な単語を並べられただけなのに、どうしてすぐに言葉を返すという自分のペースが作れないのか絵一が混乱に陥る。

「アニメバージン奪っちゃったじゃん、俺。それがっつり感想聞かないと！　ごはん食べよ？」

アニメ、バージン。

奪われていくのはもっときっと大切なものだと、絵一は早急にこの青年を始末しなくてはと強い焦りを感じた。

「新宿は人が多い。苦手だよ」

「あー、俺も！　じゃあ俺の地元来る？　電車で一本だし、おいしいお店たくさんあるから」

自分も人込みは苦手だと言って、宙人が絵一の手を握って駅に向かう。

「衝動的殺意で量刑が軽くなった方が、まだ」

まだしも自分が侵されずに済むかもしれないと、絵一は生まれて初めて前科がついてもいいと思い始めていた。

何しろ前科がついてもいいと思うほどの混沌の中にいるので、宙人に連れられるまま黄色い車体の電車に乗り込んでしまう。

丁度帰宅ラッシュが始まっていて車内は混雑していたが、そのせいではなく絵一は駅名のアナウンスが耳に入ってこなかった。

「何食べたい？」

何故なら混雑に任せて絵一の体は宙人に寄り添わざるを得ず、混雑に乗じて痴漢よりしっかりと宙人の腕が絵一の腰を抱いた挙句に耳元に唇を寄せてくる。

「……なんでも。君の好きなもので」

小刀を持ってくるべきだった。この混雑の中めった刺しにして次の駅で降りたら、もしかしたら捕まらないで逃げ切れるかもしれないと、本日何度でもやってくる人生で初めての衝動に襲われる。

「俺が食べたいのは」

近い、離れろ、声が喉まで繰り返し上がったが、人前で被っている草の覆いはそう簡単には着脱できなかった。

「え、い、ち、さん」

言っちゃった、と恥ずかしそうに宙人が笑うのに、それでも「殺す」と言えない己の理性と育ちの良さをただ闇雲に恨む。

長い拷問に耐えた末に、「ここ」とまた手を引かれて絵一はとある駅のホームに降りた。

「……なんだか見覚えが」

手を繋がれたままで無抵抗でいいわけがないと思いながら宙人との対話は困難を極め、改札を出る。

「南口に大人な居酒屋があるんだ。絵一さんって感じかも」

既視感というよりははっきりとここが何処なのか、絵一はようやくわかった。

自宅洋館に監禁したいと乞うた校正者とそのにっくき恋人の住む、西荻窪だ。

「でも塔野さんと東堂センセーいるかも。……あ」

その二人の名前を宙人が口にした瞬間、南口方面にまさしく東堂大吾と塔野正祐が連れ立っている姿が目に映る。

「え、ダブルデートしちゃう？　塔野さー……」

空恐ろしいことに手を挙げて宙人が二人を呼ぼうとした刹那、絵一はいまだかつてない速度で目の前の自動ドアの中に闇雲に駆け込んだ。

「……冗談じゃない。あの若者と連れのようにいるところをまさか東堂大吾に見られるようなことがあったら」

ついには自決も辞さない、いや、もうこの際だから一人殺すも二人殺すも同じだと、あまり得意分野とは思えない殺人についてどんどん考えが煮詰まっていく。

「……どうしたの？　急にいなくなって」

探したよと、肩で息をしている絵一の隣に宙人がやってきた。

「買い物が、ね」

「西荻窪で食材？」

言われて改札の真ん前の店内を見渡すと、そこは食材や酒の販売店が集まったフロアだった。

「これを……」

手に触っていたものを、力なく絵一が店員に差し出す。

「なんでベーコン？　要冷蔵だよ？　持って帰れるの？」

不思議そうにする宙人に、「何故こんなときだけそんな当たり前のことを言う」と声にはならず、会計を済ませた。

「君に」

確かに食事のあと鎌倉まで持って帰るには生々しいと、意外に高額だったベーコンを宙人に渡す。

「え、デートの記念にベーコン？　嬉しいなー、俺も何か……」

「いいよ、気持ちだけで充分。もう本当に充分なんだ……そして僕は大人の居酒屋より、洋食が好きだよ」

一刻も早く大吾から離れなくてはと、絵一は闇雲に北口を向いた。

「俺もホントは洋食が好きー。でもお友達だよね？　絵一さん」

「誰のことだい……」

「塔野さん」

監禁希望の校正者の名前をまた聞かされて、そういえば宙人は仏滅の夜も少し不可解な言動をしていたとようやく気付く。

「どうして、それを？」

「塔野さん、俺の担当校正者。絵一さんと文通してるよね。それにそこの喫茶店で去年の夏に二人でコーヒー飲んでた」

「……それは」

「窓のところで塔野さんに手振ったら無視されたんだけど、絵一さんと目が合ったから。覚えてくれたんだなって思って、嬉しかったよ」

最初から自分を文芸王子と言った宙人は「覚えててくれたんだ?」と、確かに喜んでいた。

その目が合ったときのことなど絵一は全く覚えていないが、何故覚えなかったのだろうと後悔する。いや、ホテルで声を掛けられたときになんとなくわかっている風に応えたことを今こそ死ぬ気で後悔しなくてはならない。

最も無難な反応だと思ったが、今回に於いては最もしてはならない反応だった。

「そう、だったね。ただ……僕は時代小説はほとんど書かないものだから。塔野くんともあれきり会っていないし、文通もいつの間にかやめてしまったんだよ」

あの二人と縁はないとはっきりさせておかなくてはと、絵一はできる限り言葉を尽くした。

「東堂センセーすっごい怖いもんね」

宙人はどうも大吾と正祐の仲を知っていて、そういう言い方をされるとまるで自分が大吾を恐れているようではないかと絵一は臍(ほぞ)を嚙んだが、今は何一つ本音を言うわけにはいかない。

「……そう、なんだよ。だから、二人には僕とのことは黙っていてくれないか」

何故自分が東堂大吾を恐れている素振りをしなくてはならないのかと、屈辱に倒れそうになりながらも絵一は大事なことを言いつけた。

「勝手に誰かに言ったりしないよ。大丈夫」

笑った宙人が、ほんの少しだけ寂しそうに見えて一瞬人間として映る。

「夕飯は俺おごらせてね」

「そんな気は遣わなくていいんだよ」

「彼氏の甲斐性だよー、俺売れっ子作家なんだよ!?」

さっき人間に見えたのは斜めに見ながら瞬きをしたせいだったのか、すぐに金髪の言語解読不能の若者に戻って宙人は小さなビストロのドアを開けた。

「……随分、洒落たお店だね」

正直この青年とは入ったこともないファミレスというところの方がいいと絵一は思っていたが、夫婦二人で営んでいるこじんまりしたビストロにむしろ退路を断たれる。

「本命デートだもん。こんばんはー!」

馴染みの店なのか笑顔で宙人は夫婦に手を振って、殺戮しなければならない関係者がどんどん増えるのに絵一は眩暈を覚えた。

「いらっしゃい」

笑顔で迎えてくれた善良そうな女性を手にかけるのはさすがに忍びないと、俯いて会釈しながら宙人に引かれてしまった椅子に座る。

「シャンパン頼もう。初デート記念」

「僕はなんでもいいけれど、この間君はホテルのワインが合わないと……」

「だってフラれたのに、お酒なんか安いので充分じゃない？　今日はいい日だからいいお酒！

シャンパンお願いします！」

シンプルな理論を展開して宙人は手を挙げて、記念日シャンパンを頼んだ。

「……本当に、初デートの様相を呈してきてしまった」

「なんか難しいこと言ってる。ねえ、ホントにアニメ初めてだったの？　なんで？」

「漫画は見ない」

「アニメだよー」

「どちらも見ない」

どちらも見ないのだから区別はないと素気無く言って、いけない世間に見せている白洲絵一の草としての擬態がとうとう飛ぼうとしていると、無理やり表情を柔らかく整え直す。

「あれ？　今の顔の方が可愛いのに」

擬態を見破るようなことを言う宙人に険しくなりかけた顔で、筋力を総動員して絵一は笑った。

「なんで漫画見ないの？　嫌い？」

「禁じられていたんだよ。子どもの頃は小説もほとんど許されなかったので、実家の蔵にあった本と図書館の本を繰り返し読んだ」

「禁じられているって……蔵って……」

何時代何処の世界と、宙人が困惑する。

「そらちゃん、珍しいわねこんなところで」

ふと、年配女性の声が宙人に掛かった。

「あ、ともちゃんママ！　久しぶり‼」

上品そうな五十代に見える清楚な女性は学友の母親なのか、嬉しそうに立ち上がって宙人が頭を下げる。

ここは宙人の地元だと言っていたが、本当に生まれ育った地元なのかと絵一が俯こうとした瞬間、その女性が絵一の顔を覗き込んだ。

「やだ、もしかして白洲絵一先生ですか？」

突然畏(かしこ)まった声でフルネームを呼ばれて、絵一は顔を上げるしかない。

「あれ、ともちゃんママ絵一さん知ってるの？」

「大ファンなのよ……どうしてそらちゃんと……あ！　そらちゃん作家さんになったんだっけ⁉」

絵一の調べた範囲では、伊集院宙人はかなり大ヒットを飛ばしている新進気鋭の若手時代小説家のはずだったが、地域ではその辺はどうでもよく「そらちゃん」のままふらふらした青年として存在しているようだった。

「そうだよー、結構売れっ子なんだぞ！」

同級生の母親に何故そんな子どもっぽい言い方ができるのかいちいち宇宙的な宙人が、しかも両手を腰に置いて頬を膨らませる。

「今度読むわ。……ねえそらちゃん。おばさん今日、白洲先生の本買ったばかりなんだけど……」

宙人への気安さとはきちんと分けて、言いにくそうに女性がちらと絵一を見た。

「……はじめまして、白洲です。本読んでいただいて光栄です。よかったら、ペンを持ち歩いておりますので」

「サインしていただいていいですか……？　図々しくすみません」

図々しくという言葉よりは大分控えめに頭を下げて、慌てて女性がバッグからカバーの掛かった絵一の本を取り出す。

「名前を入れていただいてもいいでしょうか」

「もちろんです」

「光江（みつえ）、と。ひかりと書いて、江戸のえです」

「光江さんへ……」

自分の万年筆の青いインクで、白洲絵一、店名と三月六日という日付を入れて、この聡明そうな婦人も手に掛けなくてはならないのかと絵一の疲労は増すばかりだ。

「あたたかいお話でした。ありがとうございます」

「こちらこそ。光栄です、ありがとうございます」

頭を下げあって、女性はどうやら女友達の待つ席に行った。

「俺のも今度サインさせてねー、ともちゃんママ！」

返事はせずに女性は、宙人にただ手を振っている。

女たちは楽しそうに、絵一の方を見ていた。

「……目撃者が、どんどん増えていく」

生まれてこの方時折考えてきたことではあるが、自分以外の人類を皆殺しにする日がついに来たのかもしれない。

「俺も読んだんだよ？　絵一さんの本」

テーブルに置かれたシャンパンで「乾杯」と言ってグラスを合わせて、宙人は子どもっぽい独占欲や嫉妬を臆さず見せた。

「僕の本を？」

「うん。だって彼氏だもん」

大きな声で朗らかに言われ、人類滅亡の日が刻々と迫るのを痛感しながらそれでも絵一は微笑んだ。

「やさしいお話だったー。絵一さんらしいね」

やさしい子どものような声で言われて、小さく「ありがとう」と答える。

この切り返しに慣れている絵一は、無感情で笑うことが得意だった。得意なのにこの間ホテルではとても疲れたことは、きちんと覚えている。

あの晩は、ある知らせを聞いたばかりで、本当にコンディションが悪かった。

「君の本も読むよ」

だからこそ今現在この状況を招いたのだと、あり得ない失態を悔いても時間は戻らない。

「恥ずかしいからいいよ。ねえねえ、一番好きな本ってなに？」

読ませられないと首を振って、身を乗り出して宙人は代わりにとそう絵一に訊いた。

「教えない」

「なんで⁉　なんでみんなそうなの⁉」

即答した絵一に、宙人は大きな悲鳴を上げる。

「みんな？」

「塔野さんも教えてくれなかった、すっごいいっぱい本読むのに。あと塔野さんの同僚の篠田(しのだ)さんも教えてくれなかった」

「ごく当たり前の感覚だよ。心の中みたいなものだから」

「篠田さんもそう言ってた」

心の中を教えてもらえないことが、宙人はとても不満そうだ。

「君は『鬼平犯科帳(おにへいはんかちょう)』かな」

孫子曰く、「彼知る己知る」ことが即ち兵法の一つなので、白洲は宙人について知れる限りのことは調べていた。

「ううん。でも嬉しいー、俺のことちょっとは知ってくれたんだね」

作家になったのは池波正太郎の「鬼平犯科帳」の影響からだと本人が言っているインタビューを、わざわざ取り寄せて読んだばかりだ。

「『鬼平犯科帳』は時代小説書こうと思ったきっかけ。池波正太郎大先生ちょー偉大！」

池波正太郎は偉大に「ちょー」をつけられることをどう思うだろうかと、絵一が微笑む。

「じゃあ、一番好きな小説はなんなんだい？」

「『銀河鉄道の夜』」

なんの躊躇も迷いもなく、朗らかに宙人は言った。

「……どうして？」

尋ねるのに躊躇をしたのは、絵一の方だ。

「理由とかないよ」

なんでそんなこと訊くのと、宙人はきょとんとしている。

不意に、殺意に駆られるばかりだった絵一の心に、重い石が現れた。

その石は突然現れるものではなく、深いところに埋まっていて時々そうして姿を現す。

重い石に心を侵されていてそれが当たり前になっているのだけれど、ふとした弾みで石があることを思い出させられる。

たまに思い出すが、滅多なことで絵一はその石に会わない。

「カンパネルラとジョバンニが猫になってるアニメも観たよ。あ、禁止だったんだよね。アニメも漫画も」

「……ああ。テレビも禁止だった」

問われて、適当な話題に戻ったと息を吐く。

いや、戻るも何もそもそも宙人は適当ではない話題どころか、読解できる話もほとんどしていないと絵一が思い直した。

「かわいそう」

途端、変に澄んだ声がすっと耳に入った。

「それほど傲慢な言葉はないと思うよ」

うっかりと、殺意を抱きながらも半日擬態し続けていた草が、とうとう絵一から落ちてしまう。

今自分が阿修羅のような眼をしている自覚はあったが、簡単には元の顔に戻せなかった。

「いい」

深く、宙人が頷く。

「燃える。そっちの方がいい！　なんかその絵一さん好き!!」

燃えるね！　とテーブルを叩かれて、自宅の奥に眠っているドリアン・グレイの肖像が疲れから一足飛びに十歳老け込むのを絵一は感じた。

このままでは何になのかよくわからないけれど、とにかく何某かは侵されてしまう。それもとても大切な部分をだ。

すぐに宙人を仕留めなくてはならないと、絵一は正気に戻って草と殺意をしっかりと取り戻した。

「次は是非、僕の家に遊びにおいで」

迅速に埋めなくてはならないことは思い知って、プランがないまま実行を決意する。

「ホント⁉ 嬉しい! どこどこ⁉」

「……必ず、携帯を持ってくるんだよ」

家を教えるということはもう庭に留まってもらうということだと、絵一は頭の中でスコップの所在を確かめた。


西荻窪(にしおぎくぼ)南口鳥八(とりはち)のカウンターに、老いた百田(ももた)の手でそっと蕗味噌(ふきみそ)が置かれた。

「そろそろ山菜も終わりだな、啓蟄(けいちつ)も過ぎたし。……そういえば、啓蟄の日に駅で白洲(しらす)を見たような気がしてならないんだが」

　啓蟄と声にしたせいで、丁度一週間前、やはりこうして情人と連れ立って駅前を歩いていた夕方に、手を振った金髪馬鹿の向こうに一瞬白洲絵一の影が見えた気がしたことを大吾はふと思い出した。

「虫も地中から出る日ですから、白洲先生も外出なさることもあるかもしれませんね」

「おまえ……それでも話を合わせたつもりか」

　話を合わせたつもりなのだろう正祐に呆れながら、「おやじ、喜多の華純米」と大吾が酒を頼む。

「金髪馬鹿と白洲が一緒にいるわけがないな。接点は人間だということぐらい……いいや、人間なのかもあいつは怪しい」

　上田秋成の「蛇性の婬」に登場する恐ろしい蛇の化身真女児を連想する白洲が、日本語も怪しい伊集院宙人と一秒でも添えるわけがないと当たり前に大吾は思った。

　真女児に魅入られる真面目な豊雄に宙人を準えてやる義理はないが、白洲になど出会ったら宙人は一呑みだろう。真女児は大蛇の化身で、牛とまぐわっては麒麟を産み、馬とまぐわっては龍馬を産むという恐ろしさだ。

「金髪馬鹿ではろくな霊獣も産めまい。だいたいあいつは野に放たずに真女児のように蛇塚に封じ込めるべきだ」

「『蛇性の婬』ですか」

「……ああ、『蛇性の婬』だ。この間調べたら、大昔に撮られた映画の脚本を谷崎潤一郎が書いていた」

「いかにも好きそうですね、谷崎は真女児が。何故そんなことをお調べに？」

　普段の興味と違うとすぐに気づいて、さりげなく正祐が尋ねる。

「この間おまえのお母上の話題から、ガキの頃どれだけ『春琴抄』の世話になったかと話しただろう？　それで再読を始めて、谷崎についても少し調べた」

「……実は私も、あの日をきっかけに再読し始めたのですが」

「浮かない顔だな」

　蕗味噌を摘まんだ正祐はため息を吐いて、再読に気持ちが乗らないことを表情に映した。

「なかなか読み進まずにおります」

「珍しいな。だが俺もだ。あの句読点のなさがガキの頃気にならなかったのは、それよりもあれほど下僕として扱われる佐助がどうやって寝床で春琴を抱くのかという妄想が先走るあまりだったのだな」

「お盛んなこと、恐れ入ります」

「ガキの頃の話だ！」

　呆れ果てた声を聞かせた正祐に、思わず大吾がむきになる。

「私はむしろその、歪な性的な空気がとても苦手なんだと思います」

「有体に言うとＳＭの話だ」

「何しろ谷崎ですからね……性癖と愛情の区別は難しいです。私は食事時に谷崎の話をするのも不得手です」

性欲と食欲はとても親和性が低いと以前正祐が言ったことを大吾も覚えていて、そのことには同感だった。

「破れ鍋に綴じ蓋と、サディストとマゾヒストの掛け合わせが、愛と同じことなのかどうなのか。その性癖のない俺にはわからん」

そういった性癖も情愛も自分には持ち合わせがないので、境目がわからないと大吾も肩を竦める。

「白洲も春琴が初恋だと言っていたが」

春琴と白洲が似合いすぎるので記憶違いが起こっていると、大吾は気づかなかった。

「久しぶりに読むと、どちらかというとあいつ自身が春琴のようだ。驕慢という文字を久しぶりに見たが、白洲を連想したよ」

「奢り高ぶり人を見下す様、ですね。不思議です、白洲先生のイメージは女性ばかりなんですね。真女児、春琴と」

相変わらず正祐自身は白洲に興味はなさそうで、大吾の女性像が一致している方に笑っていた。

「真女児は化け物を生み出す大蛇で、女などというものではない。驕慢でサディストで、その辺の平凡な男なんぞ丸呑みにして吐き出すだろうし」

自分の中では勝てずに終わった白洲を、大吾が忌々(いまいま)しく語る。

「それに真女児を女だとするのなら、恐ろしいのは女の方と相場が決まっている」

過去散々に女たちに滅多切りにされている大吾は、喜多の華を注いで顔を顰めた。

「あなたに言われるととても重みを感じます」

「とても感じるな！」

その散々な様を目の当(ま)たりにした恋人に言われて、大吾が歯を剝く。

「けれど真女児はともかく、春琴はそんな恐ろしいでしょうか？　谷崎は苦手ですが、私は春琴はなんだか憐れです。まだ再読の途中ですが」

「へえ」

いつでも幼く思っている情人が、初恋の驕慢ないつも上から男を見下すような美女を憐れむのに、大吾に新たな興味が湧く。

「俺は久しぶりに読んだら、どうにも春琴の傲慢な様に白洲を連想して初恋の邪魔に遭ってる。鶯(うぐいす)の天鼓(てんこ)の声がいいのに微笑(ほほえ)む辺りの高慢さに、色欲にうつつを抜かして少年時代には感じる余裕がなかった腹立たしさを感じていたが……」

顔を顰めながらも、「憐れ」と言った正祐が気に入って、止まっていた「春琴抄」の再読を進めるかと大吾は猪口を空けた。

鶯の鳴き声を、絵一は聴くことは聴いていた。

「……十時においでと、言わなかったかな」

春告げ鳥が春を告げる四月の鎌倉のよく晴れた日曜日の、午前十時に。

「うん、言ってた。だから来たよ、十時に。だってお庭手伝ってほしいんでしょ？　すっごい広いお庭ー！　ちょー、きれいな洋館!!　駅から遠くて死ぬかと思ったけどいいとこだね！」

空は青く晴れ渡り、宙人が気持ちよさそうに見渡した絵一の持つ家の庭には、沈丁花が終わりかけて木蓮が赤い。花梨にあけびの蔓が巻き付き、それぞれに花を咲かせていた。

「でもきれいなお庭だけど結構荒れ放題……何したらいいの？」

だだっ広い庭に百花繚乱と植えられている花木が好き放題に枝や蔓を伸ばしているのを見て、派手なトレーナーの宙人が困った顔で肩を竦める。

「墓……いや、木瓜を植えようと思ってね。指の力が入らないものだから、穴を」

玄関横の苗とスコップを、絵一は振り返った。

「ホントだ。そんな白くて華奢な指、すぐ腱鞘炎になっちゃうよね」

子どもを憐れむように言って宙人はすっと絵一の指を取ると、王子様よろしく膝をついて指にキスをした。

「…………!!」

全力で振り払いたいが叶わず、絵一がただ硬直する。

「お庭は任せて！　ランチ期待してる!!」

大きく手を振った宙人にようよう微笑んで、絵一は暗くて冷たい洋館の玄関に入って靴を半分脱いだところで膝をついた。

「……ランチの、用意は特にしていない。何故なら」

何故なら絵一が宙人を誘ったのは、午後十時だったからだ。

だから普段なら整えている髪も普通に下りてしまっているし、殺人に備えて形から入ろうと喪服を用意していたが着替えてなどおらず、ごく普通の白いシャツにグレーのカーディガンという絵一が通常人に晒すことのない普段着だ。

午後十時は不自然な時間かもしれないが、恋人だと宙人が言い張るのなら深夜にのこのこと人目に付かずにやってくるだろうと疑っていなかった。

「指を、清めなくては……」

朝、初手から既に襤褸のようになってそれでもなんとか家屋に這い上がる。

深い愛着のある八角形のリビングのうねったガラス窓から、絵一は庭を眺めた。

よくよく考えたが完全犯罪の殺人というものには才能がそれほどないようで、とりあえず絵一は宙人に自分で墓穴を掘って貰って携帯ごとそこに埋まってもらうしかないと考えていた。

夜の十時に到着させて、木瓜の苗を口実にしようという切羽詰まった杜撰な計画ではあったが、午前と午後が違っただけで既に大きく瓦解していく。

本当に手を丁寧に洗って、絵一は珍しくぼんやりとキッチンに立った。

ぼんやりというよりは呆然としている。

料理は一通りするので包丁は揃っていてよく研いであるが、いかんせん日が高過ぎた。

何か体を動かさなくては頭も動きようがないと、絵一はランチの支度をほとんど無意識に始めた。

週に一度地元鎌倉の業者が、食材を纏めて置いて行く。新玉ねぎがあったので刻んでスープにして、少し弱めの中火でコトコトと煮込んだ。

「彼のことも刻んで、煮込んだらいいのか。けれどとても多い……そして決して食べたりしたくない」

ホールの黒胡椒、ローリエ、グローブと塩を入れてただ鍋を見つめる。

子どもの頃、膨大な自宅敷地の中にある蔵を、今は「お兄ちゃん」と呼んでいる二つ年上の男と抉じ開けて埃塗れの本を読み漁った。

古い時代のものが多く、明治大正の書物の中には西洋の洒落た調度品が流麗に描写されていた。その記憶が鮮烈に残って大正時代に設計された洋館を買い取り、キッチンの隅々までを古い欧州の細工に凝ったものに新しく仕立ててある。

スープを煮込んでいる鍋も、銅製のものを輸入して丁寧に手入れしていた。

「あの軽薄な若者をこの鍋で煮ては、もう使えなくなってしまう」

混沌に襲われ、煮詰まってきたスープを弱火にして冷蔵庫を開ける。

午後十時に向かって動いていた絵一の今日は、こうして丁寧なランチを作るという予定外の事態となった。

心の奥に飾られているドリアン・グレイの肖像が、かつてなく途方に暮れていた。


庭を臨むテラスに二時間掛けた二人分のランチをすっかり整えて、せめて新聞と本日届いた手紙を読んで心を落ち着けようと絵一はテーブルに置いた。

デジタルなものが元々苦手なところに、宙人の薄い板で社会的に死す写真をコレクションされたことによって更に電子を忌んでいる。

新聞を紙で読む者も少ないと聞くが薄い板にする気はないと席に着こうとして、絵一は広い庭が僅かに様相を変えていることに気づいた。

「そういえば……木瓜の苗を一本植えて欲しいと言っただけなのに、何処で何を」

二時間庭から戻らなかった宙人を探すと、汗だくで雑草や枯れた蔓を積み上げている。

「何をしているんだ……君」

「あ！　もうお昼⁉」

大きな体で子犬のように跳ねて、宙人がテラスに駆けてきた。

丁度真下についている外の水道で、勢いよく手を洗い顔を洗っている。

「二時間も、庭で何をしていたんだい」

二時間で絵一は丁寧にオニオングラタンスープを作って、とろとろのスクランブルエッグに熟成した豚の塩漬け肉を添えくるみのパンを焼いてしまった。

「木瓜は植えたよ。荒れてたから手入れしたー」

よく見ると雑草が刈られ、蔓や小枝の整理された庭の果てを宙人が指差す。

「すごい！　えー⁉　これ絵一さん作ったの⁉　こんな料理上手の美人さんが恋人とか俺、めっちゃついてない⁉」

「めっちゃ……？　身の回りのことは人に任せたくないんだ。なんでも自分でやるから、それだけだよ」

料理も洗濯も掃除も、子どもの頃から何もかも他人に面倒を見られるという生活で、指先一本自分のものではない暮らしに絵一は実家を十八歳で出るまで辟易していた。

「食べていい？　食べていい？」

「召し上がれ」

呆然と庭を見ている間にテラスの席に着いた宙人に、顔を顰めそうになりながら絵一も向かいのベンチに座る。

「いっただっきまーす！　……このスクランブルエッグマジうま！　すっごいトロトロ‼　ちょーヤバい！　……なんで身の回りのこと自分でやんないとやなの？」

発される言語を解読する間もなく問われて、習慣で「いただきます」と呟いた唇でそのまま絵一は宙人の方を向いた。

「人にされるのがいやなんだ」

「なんで？　楽じゃない？　こんなおいしい料理作れちゃうならでももっと作って欲しいけど！」

「楽じゃない。心身は一体なんだから、そこを侵されるのは自分の領土を侵害されているのと同じ……」

同じ苦痛だったと語り掛けて、こんな風に自分が実際に感じてきた苦痛を他人に言葉で分けたことなど一度もないのに、宙人のペースに巻き込まれて話さなくていいことを話させられていると目を瞠る。

「なんか難しいけどきっとそれって自由の権利だね！　その権利のおかげで俺めっちゃおいしいオニオングラタンスープ食べてる!!　ありがとう自由！」

「……その僕の自由を尊重してくれるなら、庭を勝手に手入れしないでくれ」

いつのまにか「いただきます」を交わしてランチを始めてしまったが、自分は大いなる不満とともに庭に呆然としていたのだと、かなりのブランクを経て絵一は宙人に抗議した。

「え、怒った？」

「僕の庭だよ。とても気に入っている。勝手に整えないでくれ」

「でも」

少し強い口調で言ったにもかかわらず意外にも宙人は、素直にわかったとは言わず口を尖らせてフォークを摑んでいた手を止める。

「だって、絵一さんの心の中と違うじゃん」

「何が」

一体なんの話が始まったのだと、絵一もフォークを置いた。

「彼氏だから俺、絵一さんの本たくさん読んだよ。どの本もみんなやさしい。やさしくてあったかい」

その作り上げた一流の共感性への賛辞に、「ありがとう」と微笑むことに絵一は慣れているはずだった。

「あの本を書いてるのは絵一さんなんだから、本の中は絵一さんの心の中と同じでしょう？すごくきれいでやさしくてあったかいのに」

二時間では多少雑草と蔓が片付いた程度の庭を、椅子から宙人が見渡す。

「この庭は絵一さんの心の中と全然、全然違う」

「……本の中に在るのは」

人に受け入れられやすいように計算して忖度(そんたく)した自分とは程遠い共感性の世界で、この庭の方が本来の自分なのだと、絵一的には国家機密より重要な秘密を迂闊(うかつ)に打ち明け掛けた。

「やさしいきれいな絵一さんが、毎日見てる庭がこんなに荒れてたらかわいそう」

「だから、僕はかわいそうという言葉は……」

かわいそうと簡単に声にする宙人に理性より憤(いきどお)りが勝ってしまい、「嫌いだ」と絵一が口走りそうになる。

「花や木がかわいそうだよ」

絵一さんだけじゃないと、庭から絵一に視線を戻して笑うと、宙人はまたフォークを手に取った。

「だったら庭師を頼むから」

「え、人に世話されるのやなんでしょ？」

「君も人也(なり)」

「俺他人じゃないじゃん。ベッドを共にした恋人だよ？　一番可愛い顔見ちゃったし写真にも撮っちゃったし待ち受けにもしちゃってる！」

「……っ……、……っ」

強いボディブローでしかない言葉を喰らわされて、カフェオレに咽(むせ)て絵一が咳(せ)き込む。そうだこのカフェオレを携帯に盛大にこぼしてやればいいのだと、宙人の携帯を咽ながらも必死に探した。

「大丈夫？」

背中を摩る宙人の手を跳ね除けようと咳が収まった顔を上げると、不意打ちで髪を撫でられて頬にくちづけられる。

「……っ……」

跳ね返そうとした瞬間、絵一はシャッター音を聞いた。

「君は……なんて器用な真似を……」

頬にキスをしながら右手で携帯を操りどうやら二人の写真を連写した宙人の技に、我ながらそこではないと思いながらも戦慄(わなな)く。

「デジタルっ子だもん。後で写真メールしとくね。恋人の家に初めて来て初めて手料理作ってもらってめっちゃおいしくて。ちょー幸せ！」

料理も込みでもう一枚写真を撮られて、無抵抗になっている場合ではないと絵一が携帯を奪おうとしたが、宙人がすっとデニムのポケットに入れてしまう。

「何も……何一つとして自分のペースで動かない……」

これこそが我が領土の侵害だとわなわなと震えて、絵一は増えていくばかりの恋人たちのフォトアルバムに頭を抱えた。

「それに庭師さん頼むとめっちゃお金掛かるよ。俺は彼氏だから、おいしいごはんと」

頭を抱えていた絵一の手を、宙人が取る。

「キスと」

予告があったのにまた頬にアタックしてきた唇を、絵一は打ち返せなかった。

「あとベッドが一緒だったらなんでもしちゃうんだけどなー」

お泊りダメ？　と、宙人が子どもっぽく可愛らしく笑う。

実家を出て十年以上、絵一は一人で生活していた。

「今日は、実は、急な随筆の依頼があって……締切が、ね」

学生時代と作家になるまでは実家の資産から援助を受けて、外で働いたことは一度もないまま他人とほとんど関わらずに生きている。

「ざーんねんー。そしたら次だね！」

だから他人とのテンポが噛み合わず全ての隙を突かれる程自分が愚鈍だと思う機会は、実のところ今まで一度もなかった。

「次など……」

忖度が得意で巧みに人を操り、会話で人を操作してだいたいのことは思いのままにしてきたはずだ。

「……そうか、会話で操作してきた」

だがこの若者とはその会話が全く通じないので、絵一は自分の舵を完全に乗っ取られている。

ふと、新聞の下の角ばった蠟印で封のしてある封筒を絵一はじっと見つめた。

「既に自分を見失っている……」

忖度が得意で、人の心も行動も決定さえも自在に操りそれを傍観している。

そういう者が自分であったはずなのに、宙人が目の前にいると何一つ儘ならない。

——月に一度赤坂のバーを借り切って、サロンを開いているんだよ。担当者に言っておくから、君も気が向いたら来なさい。

白樺出版の担当者から転送されてきたそのサロンの招待状を、絵一は見た。

きっと花房のような老獪な男の方が、言葉を発するだけまだしも絵一には操りやすいだろう。

それにあれほど年配で作家としても殿堂に入ってしまっているような男相手なら、仮に寝床で屈辱を強いられたとしても耐え難きを耐えることも致し方ないのではないかという、人生で初めての境地に達してくる。

「あ、それ行っちゃだめだよ。彼氏からの禁止事項です」

目ざとく封筒を見つめて、宙人は花房の招待状を指さした。

「君はエスパーなのか！」

「ん？　それ夏目金之助賞選ぶおじいさんでしょ？　行っちゃダメ」

「なんでそんなことを知ってる」

花房が夏目金之助賞の選考委員だというのは世間が皆知っている事実だが、宙人が知っているということに絵一が驚く。

「白樺出版のパーティ会場で、他の選考委員の人たちと話してた。その賞と絵一さんのこと」

「……なんて」

あの晩、手や肩を撫でまわした三人でとうとう自分に賞をくれるという話をしていたのかと、それはとても聞き捨てならなかった。

「彼氏として禁止するようなこと！　パーティのときは聞いてても『ナニそれえげつな！』って絵一さんのことと結びつかなかったけど、そのあとすぐエレベーターの前でばったり会って。あー、ホントだやっぱきれいーって思って」

きっと宙人の宇宙の中ではその文脈で繋がっている世界があるのだろうが、だいたい何を言っているのか絵一にも想像がつくようになってきてしまい、そのことを危ぶむ。

「……多少えげつなかろうとも」

「大丈夫！　きれいなまんまでいつか取れるよ!!　絵一さんのwiki、賞がいっぱい書いてあったから！」

「うぃき」、はこの間も出てきた言葉だが宙人はなんでもその「うぃき」というものに尋ねているのだと、絵一は「うぃき」についてまた深く考えた。

「そうじゃない。僕は別に夏目金之助賞になど興味はないんだよ。賞なんて、どうでもいいんだ。小説を書くことしか興味がない……」

いけないいまたすっかり世間をたばかる無欲の草である擬態をどっかに取り落としたと、慌てて絵一が「人前の建前」を口にする。

「ウソ」

「何故嘘だと思うんだ。いらないよ、賞は。小説が書けていたら僕はそれで充分幸せなんだよ」

微笑んで、絵一は一万回くらいは吐いたかもしれない嘘を歌うように声にした。

「だって、すごく欲しかったのにって泣いてたよ。俺の腕の中で」

やっと高慢さも驕慢さも狡猾さも隠し覆う世間の白洲(しらす)絵一を取り戻したと思うや否や、絵一が宇宙葬にしてしまった夜景の記憶を語られまたフォークを取り落とす。

「その賞が必要だったはずなのにって言ってた。あったら大丈夫だったのにって。大丈夫じゃないんだね、絵一さん。不安なんだね、いつも」

かわいそうという言葉を気軽に使う宙人は、眼差しでも簡単に絵一を憐れむ。

「でももういらないっても言ってたよ？」

その日もういらないと思った理由の方はわかっていて、もうこの衝動で殺ろうと心に決めて、バターナイフを絵一は強く摑んだ。

「このベーコン、こないだ絵一さん記念に買ってくれたベーコンより全然おいしい！　作ったの？」

全然、が、肯定に掛かっている。過去、全然は肯定に掛かった時代もあったが、近現代に於いては否定に掛かるという約束の中で生きている絵一は、「全然おいしい」で一時停止することができてしまう。

「よく、わかったね。塩漬けにして、庭で燻したんだよ……」

「じゃあ草は枯らしておかないとだね！　蔓は枯れてるからもう使えるよ!!　安心して！」

「何が安心なんだろうか……」

安心の意味が行方不明になって、絵一はくるみパンに無力にバターを塗った。

「ねえ。枯れた蔓が他の木に絡まってたら、どっちもかわいそう。息ができないよ。そんなに変えないから、ちゃんと手入れさせて」

ふと、今まで聞いたことのない静かな声が、隙を突いて絵一の耳に入ってくる。

「そう簡単に終わんないから、来週また来るね！」

週一おうちデートだ！　と宙人がはしゃぐのに、絵一は景色を変えるのかもしれない庭を惜しんで、無抵抗にただ眺めた。

無抵抗でいいのだろうか。いいわけがない。何か嚙み合う会話の糸口が必要だ。

「……君の一番好きな小説が、『銀河鉄道の夜』だというのはとても心外だ」

意外だと言うべきところを、ぼんやりしてしまったせいで本音が出る。

「たまに読み返すよ。大好き。子どもの頃はただきれいなのと悲しいのと、そんな感じだったけど」

まるで絵本の中のカンパネルラかジョバンニのように、宙人はくるみのパンを呑み込んだ。

広く読まれている宮沢賢治（みやざわけんじ）の「銀河鉄道の夜」は、カンパネルラとジョバンニという少年たちの物語だ。貧しいけれど向学心の強い気の小さなジョバンニは、優等生でやさしい人気者のカンパネルラが大好きだ。

二人は銀河鉄道に乗って、短い旅をする。

「最近また読んだ。絵一さんに一番好きなの『銀河鉄道の夜』だよって、話したから」

「僕もたまに読むよ」

ようやく少しまともな会話ができた気がしたが、別に穏やかな歓談は望んでいないと絵一は何度でも目的を見失った。

「ホント⁉　やさしいお話だよね。絵一さんみたいだって思った。久しぶりに読んだら。絵一さん、ジョバンニみたい」

裕福な家で育ち優等生でジョバンニへの友情に応えているカンパネルラに喩（たと）えられるかと思

い込んだら、貧しくて気弱なジョバンニのようだと言われてそれもまた心から心外だった。

「ジョバンニは寂しいのに、いつも待ってるだけ。カンパネルラを連れて帰ればいいのにって、いつも思う」

水に落ちたカンパネルラは天に召されて、銀河鉄道に乗ってそのまま神の国に行ってしまう。

「俺なら絶対そうするのにな」

一人残されたジョバンニの元には、ラッコの上着を持った行方不明だった父親が帰ってきたという知らせが、カンパネルラの父親から齎（もたら）される。

カンパネルラの父親が「もう駄目です。落ちてから四十五分たちましたから。」と自分の子どもの死に対して冷静であることに、絵一は子どもの頃から共感があった。

人は置かれた場所、与えられた運命、その負についてはそうして受け入れる他ない。

大きく抗（あらが）おうとすると碌（ろく）なことがない。誰かしらが酷い不幸を被る。

「連れては帰れないよ」

ましてや水に落ちて死んでしまったカンパネルラを銀河鉄道から連れて帰るなど、言語道断だ。

「どうして？　だってジョバンニは寂しいんだよ。カンパネルラがいなくなったら、すごく」

「寂しくてもしかたない。カンパネルラは死んだんだから」

それ以上でもそれ以下でもない真理を、言葉にすることも無意味だと絵一の声が冷たく凍る。

「死んだのに、銀河鉄道に一緒に乗ったのはカンパネルラだよ。カンパネルラの方から会いに来たのに、どうしてジョバンニは手を放しちゃうの？　一生懸命手を引っ張って、連れて帰ればよかったんだよ」

強情に譲らず、宙人は今まで絵一が考えもしなかったことを、当たり前のように言った。

「他にも一緒にいる方法はある」

「どんな？」

問われて、絵一が本の中に潜る。

「カンパネルラの隣に座って、銀河鉄道を降りなければいい」

それだけの話だよと、笑おうとして絵一は日差しから目を逸らした。


ゴールデンウィークを前に、整えられ土を肥やされて水をよく呑んだ庭では、例年より多くの花が伸び伸びと太陽に向かって咲いていた。

満月に向かっていく明るい月が八つの窓から入り込んで、深夜だがぼんやりした灯りで充分足りる。

ソファの上に仰向けになって、絵一は胸の上に無力に「孫子の兵法」を抱いていた。

「彼知り己知れば百戦して殆うからずと、言われても……」

月に一度の、黒いスーツを纏った二つ年上の男が訪れた晩、闘うべき「彼」を知るすべのなさにただ途方に暮れる。

「孫子に何かご不満ですか」

「子どもの頃、リバイバルで『未知との遭遇』に連れて行ってもらったのを覚えてる？　なんだか大勢で行ったよね」

一族郎党、親世代が子どもたちを大勢連れて何かの縁だったのか、七十年代のアメリカ映画のリバイバルの上映に絵一と男は招かれて出かけていた。

「覚えていますよ。宇宙人と人類が、最後に音楽で交信するのが印象的でした」

いつものように対になっている椅子に腰かけた男は、静かに思い出を美しく語る。

「音楽だったのかな、あれは。僕は信号だと捉えた。おもしろいね。同じものを同じ時に見たのに、もうこれだけ事実が食い違っている」

「あれを音楽と捉えるか信号と捉えるかは、さしたる食い違いではないと思いますが」

映画「未知との遭遇」は、宇宙人と接触、または連れ去られた人が、一つのイメージを感じるようになる。デビルズ・タワーという場所に人々は集い、地球人と宇宙人は、五音の音階で交信を遂げる。

「そうだね。五音の音階があったらそれは、音楽であり信号かもしれない。事実の食い違いとは言えないし」

ふと、天井を見るのをやめて、絵一は男の方を見た。

「僕たちは同じものを見た。同じ時に」

微笑(ほほえ)んだ絵一に、男も笑う。

「そして、お兄ちゃんと僕は、確かに同じ人間であることに間違いはない……」

突然絶望を露(あらわ)にした絵一に、男が「孫子の兵法」を見つめた。

「敵のことがわからないならば、調べますが」

「何一つ調べて欲しくない。だがとにかくわからない。若いだけなのか、馬鹿なのか」

「あるいは、その両方という可能性もありますね」

わからないのであればと、もう一つの可能性を男が示唆(しさ)する。

「なるほど……それは最悪だ。宇宙人の侵略の方がまだ、五音の音階で交信が可能だ。まるで交渉のテーブルにつけない。自分を忘れてしまいそうだよ。自分の舵(かじ)が全く取れない」

「坊ちゃまにも、そんなことあるんですね」

「意味を理解するのに時間がかかる難解なトークが、弾丸のように止まらないんだ。その解読不可能の言葉の洪水を聞いていると、舵を取りそこないついには自分がどういう人間だったのか見失ってしまう」

「言葉を大切になさっていますから。どうしても読み解いてしまおうとするのでしょう。お話を伺っている限り、闘う以前に防御方法は相手の話を聞かないことです」

言われると絵一は、舵を取りそこなっている故に必要以上に宙人の言葉を聞いている自分に、気づかされた。

不愉快だ。人の話をこんなにも聞き続けてしかもその言葉に自分を見失ったことなどついぞ経験がない上に、自分はそれを全く望んでいない。

「お兄ちゃんは、政治家で慣れているよね。話を遮るのがとても難しいんだよ。一貫性のない主張を絶え間なく語り続けるんだ」

「その場合政治家であれば、対論を述べます。ディベート、議論です。ゴールを目指して対話しますから」

「だから」

その席にまず着けていないと、絵一は頭を抱えた。

「そうでした、失礼。対話にならないんでしたね。だとすると、テロリストとの交渉方法となりますね」

「まさにそれだ」

そうだ、宙人は今自分にとってはテロリストと同じだと、このままならなさに「テロリスト」という言葉がぴったりとあてはまって「孫子の兵法」を閉じる。

テロリストであるならば、相手を知っても対処のしようがない。

「淡々とゆっくり語り掛けて」

「だからね」

「すみません、話を聞いてしまうことで止まってしまうんでしたね。そうした弾丸のように言葉を止められない人物を止める、簡単な方法があります」

「どんな方法だ」

「ハグです。抱きしめることです」

身を乗り出した絵一に、真顔で男は言った。

「……何処（どこ）が簡単なんだ」

絶望して、絵一がまたソファに長く仰向けになる。

「目的は驚かすことです。驚くと止まるでしょう、人は。合法的に驚かすのは、性的ではないハグですよ」

「……合法的に驚かす」

言っていることは理解できた。確かにあの絶え間なく読解不能な言葉を囀る宙人からの侵略を止めるのには、五音階の音では無理だろう。

「殴るんじゃ駄目かな」

しかしテラスでの彼を想像すると、それを抱きしめろというのは無理な相談だった。

「殴るのは非合法です。暴力事件はご容赦ください」

「合法的に驚かす……」

そもそも絵一自身、暴力など振るったことがない。殴るよりは抱きしめる方が自分にとっても得手かもしれないと、もう一度絵一はテラスでの宙人を想像した。

「殴るんじゃ駄目かな?」

やはり無理だと、拳を握って男に見せる。

「人を殴ったことなど一度もないでしょう」

「初めて殴れる予感がする」

呆れたように男が笑うのに、絵一は力なく拳を翳した。

「僕が暴力沙汰を起こしてそれが事件になったら、困るね。根気がいいね、お兄ちゃん。僕を見張るなんて、虚しい仕事に月に一日を費やして」

男は絵一が作家になってから、必ず月に一度夜更けにこうして訪れる。

「僕は家族には、ピンの抜けた手榴弾みたいなものだ。怖いだろうね皆、僕が。見張らないといけないね」

「私はここが好きで通っているんですよ。私にはとても」

実家の広い敷地内から来ている男は、やさしく笑った。

「楽しい仕事です」

「そういえば……この筆名で作家になって、生い立ちを全て偽造して。僕は初めて家族の本当の話を他人にしてしまったよ。報告が遅れたけれど」

楽しいという男の顔色を変えてみたいと戯れに、絵一が去年の夏の終わりのことを聞かせる。

「……ご家族のことを？」

「そう。家族はみんな政治家で、僕は後を継ぎたくなかったから作家になった。政治的に家に逆らった大叔父は蔵に閉じ込められていたらしく、その蔵に在った蔵書を盗み読んで育ったと」

子どもの頃はわからなかったが、祖父の弟であったというその大叔父は思えば反戦主義者であったことを、遺された本を読み育った絵一は長じるに連れて理解した。

祖父や父はその反対側の政治を司る立場なので、大叔父の時代には蔵にも閉じ込められたのだろう。殺されなかっただけましなのかもしれないと、十になる前にそのことに気づいて絵一は自分の心のうちについては沈黙することに決めた。

「大切な人ができたのですね」

「馬鹿を言わないでくれ。家族の話をしたのは天敵にだ。会ったのもその一度、二度のことだよ」

話した相手は同業の天敵東堂大吾で、それを恋人か何かだと勘違いした男に、思わず絵一がむきになって珍しく声を少し強くする。

物心ついて沈黙を覚えて、心のうちを語ることをその後絵一がしたのは、目の前にいる男ただ一人だった。

「何故天敵に、ご自身の秘密を。弱みを教えるようなものではないですか。敵に塩を送ったということですか?」

胸で閉じられている「孫子の兵法」に適っていないと、男がため息を聞かせる。

「そうじゃない。でも、そうだ……あのときは全てが僕のペースで」

文壇デビューした当時から憎くて堪らなかったほぼ同期の作家東堂大吾を初めて目の前にして、その宿敵が口惜しそうに終始負けを抱えた様でいた。

「あの痛快さが、今はとても懐かしく愛おしい」

交渉のテーブルにもついていたし、対話も成り立った。その上当たり前に自分に優位な場だった。

今男に東堂大吾を「いい人」と言われて絵一は腹立たしく思ったが、いっそ目覚めてベッドにいたのが彼ならむしろ問題はなかったのだと絵一はふと思った。

写真を撮られようがそれを世間に公表されようが、東堂大吾と白洲絵一であるならば、世間はむしろよい意味で騒ぐだろう。

問題は宙人が、年下の男だということではない。

伊集院宙人であるということが何もかも問題なのだ。伊集院宙人を恋人にしていると流布されることで、白洲絵一はある程度死ぬるだろう。

「大丈夫ですか」

「ここのところの僕が大丈夫に見えるなら、それはお兄ちゃんがどうかしているよ」

ため息とともに、苦笑して絵一が男を見る。

「家族のことを話した理由は……そうだね、自分が優位であったのに劣勢な敵に認めるようなことを言われたんだ。それで弱みを明かした」

「勝負を楽しんだということですか」

「そうかな。ただ認められては腹立たしいという感情的な言動だった気がする。何しろ」

西荻窪（にしおぎくぼ）の鮨屋で向き合って、「早く売れたかった」と言った絵一に、「否定しない。あんたの忖度（そんたく）は一級なんだろう」と東堂大吾は言った。

「墓まで持って行くはずのことを敵に教えてしまったんだから、相当感情的だったんじゃないかな」

自分の積んできた忖度を、生きたいように正しさの方向だけを向いて自由に生きている男にあっさりと肯定されて、あの場に刃があったらそれこそ衝動的殺人ができたかもしれないと怒りの大きさを絵一は覚えている。

「珍しいですね。そんなに感情的になるのは」

秘密を話したことを、男は少しも咎（とが）めようとはしなかった。

「いつも自分が最も正しいという顔をしている男なんだ。とてもいけすかない」

なら男がここに月に一度通うのは自分という手榴弾を見張るためではないのかと、思い違えそうになる。

「それはさぞかし気に入らないことでしょう」

「お兄ちゃんは、秘書業務のままでいいの？」

咎められないままでいると、男が自分に会いに来ているのだと思い違えそうになる。

「私は特に、政治的野心はありません」

「お父さんは、四十で秘書から代議士になったよね。お兄ちゃんも、出馬するならもうそろそろでしょう」

絵一の兄の第二秘書を続けている男に、呆れて笑った。

「早く、広島第一区の違う苗字の人のお婿さんにならないと。結婚も、三十七じゃ遅過ぎるよ。政界では」

男が苗字を変えるかもしれないという話を、二月に聞かされた。

「急ぐことはないです。特に望みませんので」

聞いたのは男からではなく、実家方面から報告を受けた。

「私は何も望みません」

男は本当に何も、絵一に望みを教えない。

「……僕は」

月明りの中、横たわったまままっすぐに絵一は男を見た。

「あなたほど狡い人を見たことがない」

右手を翳して、銃の形にして男に向ける。

静止して、男は絵一の人差し指の先を見ていた。

「……合法的な宇宙人との交渉は、僕には無理だ。僕にも扱える重さの、なるべく音のしないきちんと仕留められる銃を一つ届けてほしい」

指を下して、「孫子の兵法」も役に立たないと床に置いて、庭を侵略する宇宙からの生命体に武器を求める。

「御意に。……けれど本当にそれを使われるのであれば、始末は自分に言いつけてください」

淡々と男が言うのに、もう月の方を向いて絵一は「自暴自棄」の四文字を胸に抱いた。


長編小説を一篇書き上げたら初夏と言われる五月の半ばになって、ますます手入れされた絵一の庭には花がきれいに咲いた。

一つ一つの花が大きく健やかで、そういう咲き方は好まないと日々思っていたのに段々と見慣れてしまう。

「……ハナミズキが終わると、虞美人草(ぐびじんそう)か」

これ以上新しい風景に慣れる前に早く仕留めなくてはと、小振りの銃を常にズボンの腰に差していることにも慣れてしまっていた。

「ぐびじんそう？　あ、もうランチ⁉」

朱赤に群れている花に屈んでいた宙人(そらと)が、恐らくは平仮名で絵一に尋ねる。

「支度が出来たよ。虞美人草は、君の目の前に志那(しな)忘れな草や苧環(おだまき)と一緒に咲いている。その朱い花だよ」

「ポピーのこと？　かわいいよねポピー」

それは、夏目漱石(なつめそうせき)も書のタイトルにした虞美人草だと言いたいのを堪(こら)えて、絵一(えいち)は無言で微笑(ほほえ)んだ。

木に咲く花なら手入れが無用と思い庭には花木が多かったが、テラス近くには主に宿根草(しゅっこんそう)の花がよく咲いている。

昨年まではこんなに見事に咲いていなかったので、今年は宙人が何かしらよく手入れしたのだろう。

ここのところ遠いはずの西荻窪(にしおぎくぼ)からまめに現れる宙人から目を逸らして、絵一はランチタイム以外は家に立て籠もって原稿を書いていた。

「ポピーじゃ、ないんだよ。それになんだろうね、それは。なんだろうか」

「スズラン。かわいいから植えちゃった」

だが目を逸らしていた間に、小さな白い花まで追加されている。

「鈴蘭には毒性があるという」

致死量はどれくらいだろう。だがそんな小さな花の毒に頼っている場合ではないと、初夏の庭を見て侵略が大幅に済んでいる現実に、絵一は気づかざるを得なかった。

今日という今日は、後先考えずに殺らなくてはならない。

「随分ちゃんとした道具を持ってるんだね」

このままではすっかり庭が光豊かに開けてしまうと小銃に触りながら、しかしまだ日が高いと絵一は宙人の鋏(はさみ)を見た。

「おじいちゃんに借りた。昔庭師だったんだよ。恋人の庭が荒れ放題でねって話したら、色々教えてくれて道具出してくれた」

「……おじいちゃんに、話したのかい」

ご家族にまで恋人として恋人の庭の話をと、それはよく聞いてからにしなくてはと銃から指を放す。

「色々アドバイスくれて、あんまり刈り込み過ぎたらいけないとか。そんなに広い庭なら手入れに行きたいって言ってたよ、じいちゃん。でも遠いし、俺恋人と二人きりがいいからダメって言っちゃった。なんか本格的になってきちゃったしー、庭仕事」

遠いということは鎌倉だとも話したのかもしれない。もしかしたら恋人の名前も仕事も、この「おじいちゃん子」は話してしまったかもしれない。

目に入れても痛くないとよく言うから、孫が帰らなくなったらおじいちゃんはここまで探しに来て庭を掘るかもしれない。

「だが鎌倉には山がある……。君仕事は？」

山までしかし宙人を運べる自信がないから、本当に「お兄ちゃん」の手を借りようか。

そうすると「お兄ちゃん」と自分のずっと変わらない闇夜にしかない時間も、こうして陽の下に出ることになるかもしれないけれど。

「んー、スランプかなあ。なんか休憩中。俺めちゃめちゃ小説書いてたんだけど、月に一冊くらい」

「随分多作だね」

実は絵一は「彼知る」ために宙人の本を、二冊捲ってみてはいた。

捲っただけで心の中に知らぬ間に眠っていた火山が噴火しそうになって、ちゃんと読むことはできていない。対話にならないのは口語だからではないのだと、裏表のなさにだけはつくづく感心した。

「もうただ楽しくて、最初は。俺の書いた小説がちゃんとした本になって本屋さんに並んで、何度も何度も本屋さんまで見に行ってさ」

子どものような無邪気な行為を、恥じ入ることなく笑って宙人が語る。

絵一の本が初めて出版されたのは十年以上前だが、そんな軽快な喜びとともに自分の本の発売を思ったことは一度もなかった。

「でも最近、楽しくてばーって書ける感じじゃないときが結構いっぱいあって。ちょっと苦しいかなあ」

本を上梓するということは絵一にはいつも、そうして「苦しい」ことに近い。

「何故？」

だが自分がずっと飼っている「苦しい」と、今宙人が言った「苦しい」はきっと全く違うのだろうと、どう違うのかを絵一はうっかり訊いてしまった。

「……俺ちょーじいちゃんっ子なんだけど、じいちゃん俺の小説読んでもいっつも苦い顔ですっごい怒られるときある」

「小説を、あまりにもきちんと読まれるおじいさまなんだね」

あの捲っただけで休火山が活火山化する現代口語の嵐を小説と呼ばせるのであれば、少なくとも職人としての知識を持つような老いた人は喝も入れるだろうとは容易に想像がつく。

「じいちゃんの本棚、時代小説いっぱい。東堂センセーばっかり褒める」

「それは……さぞかし燃やしたいだろう、東堂先生を」

なるほどそこに「鬼平犯科帳」があったのかと知るとともに、思いがけず天敵の名前を聞いて絵一はうっかりと自分の思いを声にしてしまった。

「え⁉　俺のためにそんなこと思ってくれるの？　愛だなあ」

「いや」

愛ではなくて憎しみだと言いたかったが、そうすると先日なんとか無理やり大吾への深い憎悪を抑えて宙人に自分のことを黙らせた苦行が無になってしまう。

「ともちゃんママ、この間絵一さんサインしてあげたじゃん」

今はもう蜃気楼程遠くに思える日のことをこの間と言われて、丁度その苦行の日だったと絵一は思い出した。

「……そんなこともあったね。なんだか霞の向こうの出来事のようだ」

「俺、初恋なんだよね。ともちゃんママ」

「それはまた随分と、年上の方を」

確かに美人だったが言葉通り母親世代の女性に恋をしたのかと、その日聞いた宙人の「年上大好き！」を無駄に反芻する。

「幼稚園の時ね。でも真剣に愛したよ！」

「そうかい……」

幼児の時に友達の母親を真剣に愛したと真顔で言われると、男女を問わない宙人には年上が世界には何十億人といるはずだから今すぐ去ってくれと懇願したかった。

「俺が作家になったことなんて全然知らないんだなあ。たくさん書いて、たくさん売れてるのに」

「それで虚しくなったのか」

「ううん」

なるほどそれはわかりやすい話だと納得した絵一に、屈んだまま鈴蘭を眺めて宙人が微笑む。

「そうじゃなくて、逆」

顔を上げて宙人は、太陽に目を細めて少しだけ悲しそうに笑った。

「前は、たくさん本が出てたくさん売れてて、それでよかったんだ。サイン会なんかやっちゃったりして、女の子いっぱい来て。たまにテレビにも出ちゃったり。それで楽しかったんだけど、最近」

似合わないため息を、宙人が聞かせる。

「俺、書くの大変なんだ」

「ああ、スランプだと言っていたね」

さっき確かに宙人が言っていた言葉を、絵一は返した。

「スランプって言うのかな。楽しくて楽しくてなんにも考えないで書いてたときに、俺知らなかったことがいっぱいあってさ」

それはきっと今もあるだろうと、本を捲った絵一には充分想像がついたが、何か宙人の様子に似合わず「自分の本を読まないで」と言われたことが思ったより深く印象に残っている。

「時は天保って書いたのは、なんか時代劇で耳にしたからそのまま書いただけ。でもちゃんと調べたら、天保には大飢饉があった。色々あって、たくさん人がおなか空いて死んでるのに」

でかい図体を丸めて花を見つめて俯くのも、宙人には似合わない姿だった。

「俺、あんこ投げちゃってさ」

深い後悔に、宙人がため息を積もらせる。

「天保に？」

それは後悔に鈴蘭を丸呑みすべきことだろうと、絵一の声も思わず呆れ果てた。

「俺の大人気シリーズ『饅頭はそんなに怖くない』の最終兵器が、あんこなの。みんな飢え死にしてるときに、あんこ投げる話楽しく書いてたんだな俺って」

どうしようと、言葉にしそうになって絵一が呑み込む。

「そういうの知ってくと、書くの怖くなっちゃって。でもこれからはちゃんと書かなきゃって思うと、俺ホントになんにも知らないんだよね」

どうしようという言葉は自分には馴染まないのに、ここのところ頻繁に湧くのも「どうしよう」と思うけれど。それより何より、段々と絵一は、宙人の言っていることが簡単に理解できるようになってしまっていると気づいたことが「どうしよう」だ。

何を言っているのか、翻訳の時間を必要とせず今すんなりと理解できてしまった。

「どうしたらいいんだ……」

そして宙人の言葉がそのままわかって、何かやさしい言葉がうっかり自然に口からはみ出てしまいそうになる。

衝動的殺意に従うべきだった。

侵略の果てに、忖度の技と防御をいつの間にか奪われている。

「君は帰って自分の仕事をしなさい。小説を書きなさい」

いつの間にか景色を変えられてしまったのは、庭だけではない。

「また先生みたいな喋り方。いじわるゆわないでよー。ねえ、じいちゃん呉服屋さんの正社員だったんだよ?」

「庭師をしてらっしゃったと、さっき」

それなら君は音引きで語尾を伸ばす喋り方をやめなさいと言いたかったが、この上もっと言葉がわかるようになっては未知の生命体ではなくなってしまってしまう。宙人が人間に見えてきて、太陽の幻視に絵一はその責任を全て負わせたかった。

「庭師の見習いで、若い頃その呉服屋に出入りしてたんだって。都会だけど広くてきれいな庭で、松の木とかあって。うちの正社員にならないかって言われたんだって。庭の手入れしていつもきれいに整えて、それ以外の時間は呉服屋の仕事もして。戦後だったから生活安定して家族養えてありがたかったって、こないだ初めて聞いた」

　和風庭園のきちんとした手入れに年間どれだけ費用が掛かるかと思えば、専属の社員として技術のある職人を雇い入れるというのは賢い選択だがなかなか思いつかないと、聞きながら感心する。

「その社長さんめっちゃ頭よくない？　絵一さんも俺のこと雇うのどう？」

「雇ったら君は何をするの」

　何故突然ここに話が来たと思いながらも、絵一はいつの間にかまた宙人の話を聞いてしまっていた。

「なんでもするよ。身の周りのことなんでも。でもごはんは絵一さんに作って欲しいなー、おいしいもん。できないことも覚えるけど、得意なことは得意な方がしようよ」

「それは雇うのではなく同棲だし、世話をされるのはとても嫌だと話した」

　どうしたらいいのかすっかりまともに会話が成立してしまっていると、その事実にどんどん気持ちが追い詰められる。

「……そうだった。でも庭仕事全然できないじゃん。ずっと適当に水撒いて、たまに肥料撒いてただけでしょ？　結構やばいよこの庭！　俺今めちゃめちゃ土肥やしてるんだから」

　めちゃめちゃ土を肥やされてしまったのは、豊かに健やかに息をしている庭を見たらよくわかった。

「それも、自分でできるようになるよ」

息をしている庭を見ると、もう一度窒息させようとは絵一も思えない。

息をするとこうなるということが、そもそもわかっていなかった。自分もまた、長い時間息をしていなかったようにも思う。

瑞々(みずみず)しい庭を眺めて。

「じゃあ、教える」

未知の生命体とちゃんと会話をして、人間に見えてきた上に、自分が忘れていた息の仕方を教えると言われている。

「……太陽の、せいだ」

幻視幻聴だと信じたいと、絵一は五月の晴れ渡った青空を見上げた。

「うん。いい天気だね」

「久しぶりに見た気がする」

陽炎(かげろう)や蜃気楼のようだった目の前の青年が、確かに存在していると実感が増してしまうのは本当にみんな太陽のせいだ。

「絵一さんそんな感じ」

太陽と縁遠い自分を、宙人は否定せずに笑っている。

むしろ否定してほしい。

理解などされたくないから今すぐこの人間化してきた者を始末しなくてはと小銃に触ろうとして、本物の眩暈(めまい)に襲われて目の前が真っ暗になった。

生まれ落ちた広い屋敷の中には、話が嚙み合う人が全くいなかった。

広い敷地の中には親戚や父の秘書の家もあり、薄暗い蔵もあった。

ばあやに毒づいて揶揄(からか)われる時以外に、唯一人間と話していると思える人があった。二つ年上のその男は、いつも十四歳より前の姿で絵一の目の前に現れる。子どもの姿をしている。薄暗い忘れられた蔵に二人で忍び込み、二人でおとなしく書を読み、書について考えを交わした。他愛もない話もあれば、難しい話も、とにかくたった一人絵一には嘘を吐かずに済む人だった。

初夏に屋敷の欅(けやき)が揺れても日の差さないその蔵には、曾祖父の一番下の弟が閉じ込められていたと誰かに聞いた。

怪談のようなものだと思っていたら、戦争の前の話だと聞かされて。

蔵で厚い埃(ほこり)を被った書の中のいくつかに傾倒していくうちに、「ああ、これを言ったから閉じ込められたのだ。曾祖父や祖父と反対のことを考えたから」と、腑に落ちた。

絵一の曾祖父は、政治家として国で最も高い場所に座したことがある。父もその椅子に向かって歩んでいる。

——……ここに書いてあることが正しいと言ったら、僕もここに閉じ込められるのかな。

そのとき手にしていたのは、マルクスやレーニンではなく、宮沢賢治だった。

——世界がぜんたい幸福にならないうちは個人の幸福はあり得ない、って。宮沢賢治が。

全集の中に見つけた言葉は、「農民芸術概論綱要」に書かれていた。

——共感しますか。

二つ年上なのに、父の秘書の長男である彼は最初から絵一に敬語だった。最初からなのでおかしいと気づくには時間が掛かり、それでも七つの頃には自分とその周囲が見え始めた。

——全体は無理だろうけれど。宮沢賢治やトルストイが考えたみたいに、こんな広い屋敷の中のもの解放してしまえばいいのにね。

塀の外と、自分が育っている場所は違うことも、生まれつき聡明なのですぐに理解した。恵まれているということとは違う。

幸福や、与えられる裕福さは、過ぎるのであればそれはきっと何処かが足りていないことだと、絵一は十になる前には理解していた。

そのことを不愉快に思い、美しくない在り方だと忌んで認められずにいた。

——お父様や、おじいさまの治政は石を投げられて当たり前のことじゃない？

たまに、父や祖父、叔父の遊説先に連れていかれることがあった。

よくあることだと後に聞かされたが、当たり前に罵倒が飛び、その声の方が絵一にはよく聞こえた。間違えているのは父や祖父の方だと、絵一には思えた。

——坊ちゃまは、お父様の跡は継がれませんか。

寂しそうに、二つ年上の少年は笑った。

——私は父の跡を継げば、将来もこうして坊ちゃまのお傍にいられるものだと思っていました。そう、父に教えられていたので。

だから自分にも父の跡を継いでほしいということなのかと、少年に寂しさを見せられたのは絵一はとても嬉しかった。

地上で唯一の人が、自分を望むことが幸いだった。

——だけど僕は、ここに積まれた本を読んでいた人と同じ考えだよ。それでは駄目？

ただ困ったように、彼は笑った。

——いずれ僕はここにはいられなくなるだろうけれど。……そのとき一緒にここを出て行ってくれる？

何不自由のない、とても不自由な暮らしから出て、自分の力で生きていけると信じられる程度には子どもらしさを持っていた。

きっと。彼がいてくれればそれで生きて行ける。

——必ず一緒に参ります。

——二人で？

――二人で。

二人という言葉が重なり合ったように聴こえて、それが生まれてから長い時間の中に在る一番の幸せの記憶だ。

だから二人は少年のうちに、大切な約束をした。

十二歳の時にその唯一の人が、自分の言葉を父に報告するために傍にいるのだと絵一は知った。

「……ん……」

口の中に冷たい水が流れ込む感触に、目覚めて絵一は逆光で顔が見えない男をぼんやりと見上げた。

先に中等科に行った彼の誕生日に本と小さな花を渡そうとして、あまり持ち合わせのないいたずら心でそっと後をつけた。そんな自分に似合わないことをしたのは、いつでも冷静にしている年上の少年の破顔が見たかったからだ。

――あの子は相変わらず被（かぶ）れているのか。あの蔵は潰しておくべきだった。今からでも。

少年の言葉を聞いて、絵一の父親が苦い顔をした。

――逃げ場があった方が、大きな問題は起こされないと思います。

何かあれば自分が報告しますのでと、少年は言った。

「……さん？」

その人なのかと逆光の顔に手を伸ばして、けれどキラキラと輝いて見えるたんぽぽのような髪が、太陽のせいではなく真実金髪だからなのだと気づく。

「あ！　よかった!!　大丈夫？　病院行く？　それとも救急車呼ぶ!?」

珍しく切迫した声を聞かせた宙人は、絵一が地球上で最も粉々にしたいと願っている携帯を握りしめた。

「僕は……」

いつもの約束の夢を途中まで見ていたと知って、すぐに絵一は眠りから醒めた。

毎夜といえるほど、少年は絵一のもとに訪れる。夢にはこの続きがあって、それはとても幸いな約束の時間だ。毎日のことだから目覚めても絵一は、それが夢であったと気づく絶望には慣れていた。

「日射病かも、たくさん水飲んで！」

思い出の少年とは程遠い軽薄な風貌で軽薄な声を聞かせる宙人から水を受け取って、テラスのベンチで気を失っている間にどうやらコップから水を飲まされていたと、シャツが濡れているので気づく。

「慣れない日差しだから」

五月の中でも今日は太陽が強く、昼間庭を歩いたりもしないので簡単に倒れたのだろうと、絵一は水を飲んだ。

いつもこの夢から醒めると、現実に戻りたくなくて夢の中をぼんやりと浮遊する。

だが今は目覚めるなり猥雑(わいざつ)な現実が声をなしたので、目を閉じる前に自分が何をしようとしていたのかをすぐに思い出せた。

何を言っているのか簡単に理解できるようになってきてしまった宙人を、本気で撃ち殺そうとしていたのだ。尋常な行動ではないので、やはり人間としてそれなりに頭に血が上ったか下がったかしたのだろう。

倒れた理由は太陽だけではない。

「やっぱり庭は俺がやるよ。夕方とか朝とか、少し手伝って覚えたら？」

ここまで宙人が自分を運んだなら腰に差している小銃に気づかなかったのだろうかと触ると、銃は硬いまま同じ場所にあった。

殺意を、彼は知ろうともしないのだろう。

「月に一冊も本を出している作家が、こんな遠くまで庭の手入れに頻繁に通っては執筆が滞るよ」

「だから、いっぱい書けなくなったって言ったじゃん。俺。……あ、取り換えっこ、どう？」

いいことを思いついたと、宙人が絵一の腹の辺りに座る。

「絵一さんの本、また読んだよ。読みやすいすごく。やさしい言葉で書いてあるし。たまに辞書引くけど。みんなが読めるように書いてるんでしょ？」

「……そうだよ」

みんなが読めて大勢がわかる言葉を使わないと売れないから、絵一は最初からその文体を強く意図して操った。

「俺、今のまんまじゃ自分の本、絵一さんに読んでもらえない。恥ずかしくて恋人に見せられない。だから」

変にやさしい顔で、宙人がいつもより声のトーンを落とす。

「教えて欲しい。俺に」

「何を？」

文字の書き方から始めたいという話なのかと、絵一は尋ねた。

「正しいこと」

子どものような目でまっすぐに、宙人は言った。

「絵一さんいっぱい知ってるから、正しいこと。本に書いてあるよ」

最近、思い出すどころではなかった重い重い石が、絵一の心の中に置かれる。

「きっと次の夏目金之助（きんのすけ）賞は、絵一さんだよ。夏目金之助って夏目漱石なんだね。夏目漱石って、絵一さんみたいなことした人だって言ってたよ」

「誰が」

その石は突然現れるのではなく、ずっと絵一の心の中にあるものだ。

「塔野さんと東堂センセーと、塔野さんの会社の校正さんと、中華の会に俺巻き込まれちゃってさー」

「中国の政治について語ったのか……文革？　毛沢東主義？」

地上に唯一の人が、その美しい少年が、自分を見張るためにやさしく傍らに在ると知った日から心の中に置かれた石だ。

いつもある。何かの弾みに、そうだそこに重い石が在ったとこうして思い出す。

二月にこの青年が絵一の人生に突然飛び込んできてから、石が在るのをすっかり忘れていた。

「何言ってんの。夏目漱石だよ。もー、なんか……なんだっけ、げんぶん……」

「言文一致」

通じない言葉や、リベンジ・ポルノや、慣れない殺人計画の繰り返しや、衝動的殺意の刑罰や、突然開かれたように庭が変えられて光が差すのに、石どころではなかったのだ。

「それ！　もーわけわかんない!!　でも大事なことだってのはわかった。夏目漱石が、文学者に悪口言われても気にしないでみんなが楽しい小説書いたから、今の読みやすい文章をみんなが使って読めるようになったっていう話してた」

誰がしたのかしらないが随分わかりやすい説明だと、本当に宙人の言葉が全てわかるようになってしまって無抵抗感に襲われる。

「夏目金之助って夏目漱石なんだってこないだじいちゃんに教えられて、ああだから絵一さんこの賞欲しいんだなって。だって絵一さんみたいだもんね」

「……僕みたい？」

その言い分は、言葉はわかっても呑み込むことはできなかった。

「みんなにやさしい。正しいことを、やさしくみんな教える人。絵一さんの本こういう本」

微笑んで宙人が、絵一の頬を言葉通りのやさしさで撫でる。

「俺、そういう絵一さん大好き」

「君は」

何を彼が好きだと言ったのかを、絵一はよく理解した。

「虚像に恋をしている」

「出た。時々難しいよ！　俺にはいつもやさしくして!!」

難しいのはナシ！　と、宙人がゆっくりと絵一を抱き起す。

「今日はホテルの続きって思ってたのになあ。倒れられちゃったら……」

もっと水を飲むように、宙人は絵一に促した。

「何もしないでただ抱きしめててあげるよ、今日は。あの夜景がすごくきれいな部屋の夜みたいに」

ANTHRAX

あの晩から、静かな暮らしの何もかもがめちゃくちゃだと、光の凝(こご)る庭を絵一が力なく眺める。

「安心して眠って」

「とても無理だ」

まさかあの晩自分がこうして安心して眠ったとでも言うのかと、言い返す力もない。力がない。抵抗する、世界を拒む、生と正を拒絶してきた力が、奪われている。

「僕は、日射病で倒れたのではない。……珍しく、本当のことを言うよ」

この青年が自分を侵し、好んで孤島としていたこの荒廃した国の領土を侵略して、景色を変えて息を吹き込んでいる。

「君が来るようになって、生活がとても乱れている。眠りも、何もかもコントロールできない」

息を吹き込まれることを、絵一は望んだことがなかった。

「だから倒れたんだよ」

何故なら十二歳で心に石が置かれてから、息をするということを忘れて、知らずにいたので。

知らないことは望みようがない。

「もしかして絵一さん、俺のこと怖い？」

笑って宙人は、何もわかっていない頑是(がんぜ)ない瞳で真実を突いてくる。

「そんな陳腐(ちんぷ)な言葉にしないでくれないか。他人を鏡にするのがいやなんだ」

「また難しい。それ」

「感情的になるのもとても嫌いだ」

今とても自分が憤っていると、絵一には自覚があった。

「やっぱり怒ってる方がかわいい。なんで怒るの？　きれいでやさしいって言うと怒るね。笑ってるふりしても、あ、ちょっと怒ったってわかる」

「……君は」

「なんで怒るのかはわかんないよ、全然。ちゃんと笑ったらもっとかわいいのになーって、思うだけ」

正しくもないのに正しいと言われ、美しくもない重い石の横たわるだけの心を美しいと褒められ、やさしくした覚えもないのにやさしいと繰り返される。

憤りの理由ははっきりしていて、怒りに気づいていたなら何故やめなかったと絵一は宙人を睨んだ。

「鏡かー。難しいけどなんか、ちょっと意味わかるかも」

鏡の意味も、わかって欲しくなどない。

「俺今、絵一さんが怒ったから、どうして怒らせたのかなってってって思う。怒らせたくないって思ったり、絵一さんがそのことで怒らないといいのになって思う。そうするのにはどうしたらいいのかなーって、絵一さんの気持ちで俺がちょっと変わったりする」

けれど、絵一の言った鏡と、宙人の思った鏡は全く違った。

「絵一さんは俺が、絵一さんをやさしいって言うから、やだって思うんだよね。なんでかわかんないけど。それで怒って、何か変わったりするのかな」

鏡のように、大きな掌を宙人は絵一の掌に合わせた。

「鏡って、一人の人を見ながら自分のことも確かめるってことでしょ？　絵一さんを見て、俺大丈夫かな、やさしいかな、愛せてるかなって確認する」

合わせられた掌を、絵一は思い切り振り払いたい。

「それってめちゃくちゃ相思相愛じゃない？」

絵一には違う鏡があった。唯一の人がいて、その人が鏡である時間だけを生きてきた。その鏡は宙人が言う鏡とはまるで違う。

いつの間にかすっかり宙人と対話してしまって、そして彼の言葉に自分を見てしまっていると、絵一は今までで一番大きな焦燥に襲われた。

自宅の奥、心の奥に佇んでいるドリアン・グレイの肖像が変な顔をし始めた。永遠につまらない涼しい無感情な顔でいることを、絵一は疑ったことがなかったのに。

肖像画はとてつもなく変な顔をしている。とてもおかしな貌をしている。

——話を聞いてしまうことで止まってしまうんでしたね。そうした弾丸のように言葉を止められない人物を止める、簡単な方法があります。ハグです。抱きしめることです。

テロリストとの交渉方法を耳に返して、ほとんど反射で宙人を抱きしめる。

腕の中に抱えられたまま背中を強く抱くと、確かに宙人は止まった。

「……倒れたから俺、今日いい子にしてなきゃって頑張ってるのに」

テロリストは腕の中で背を抱いた絵一の意図を、しかし全く逆方向に汲む。

「相思相愛だってことだよね？」

絵一の髪を抱いてテロリストは、目を覗き込んだ。それで確認したつもりなのか、唇に唇を合わせてくる。

今撃たなければと銃に手を伸ばそうとして、けれど抱え込まれる形で自分から宙人の背中を抱いているので絵一は腕が全く動かせなかった。

未成熟なくちづけだろうと思い込んだら、宙人は言葉では乱暴なテロ活動を行うのに、触れてくるときは何もかもが丁寧でやさしい。

「……ん……」

舌が絡まるのにせめて銃の柄で頭を殴りたかったが、ベンチに横たわらされてふと、彼が恋人を名乗るようになって三か月が経ったというのに、唇にキスをされたのはこれが初めてだと気づいた。

キスしたい、抱きしめたい、泊まりたいと、ダムの放流かと言いたくなるほど言葉の洪水を浴びているので、彼がそれをしていないことに絵一は気づかなかった。

恋人だと言い散々に愛を語りながら何故と考える間に、くちづけは深まってうなじにくちづけられる。

「……今日は」

それだけ言うと宙人は、「倒れちゃったのにゴメン」とすぐに引き下がった。

言葉のテロリストは、まだ肉体を侵略しようとしない。

「どうして君は」

最後の線から入ってこない、体だけではなく心もと、問おうとして絵一は口を噤(つぐ)んだ。

何か考えがあるとはとても思えない。否、ずっと思えなかった。けれどももし今宙人が何かもの思ってその線の前で止まってくれているというのなら、彼は人だ。

「あ」

さっき、「君も人也(なり)」と言った戯(たわむ)れを思い出してため息を吐いた絵一に、宙人が何かやわらかな声を聞かせる。

「またたくさん考えてる」

揶揄(からか)うような言葉なのに、絵一の髪を撫でた宙人のまなざしが何故だかとても愛おしげだ。

「そういうとこ好き。大好き」

しかしどうしてそれが大好きに帰結するのかは相変わらずさっぱりわからない。宙人がわからないことに、深い安堵を覚えた。

その安堵が深すぎて、自分がすっかり見失われる。

「俺、すごく惚れっぽいの」

ああやはりそんな感じだと、絵一は笑おうとした。笑って宙人にまた安堵しようとして、けれど今度は上手くできない。

「年上のきれいな人とか簡単に好きになっちゃう。でも好きになったらすごく大事にするし」

そうだ。とても簡単に、宙人は自分に恋をした。

「だけど間違えたことないんだよ？　安心して？」

簡単に好きになったなら簡単に終わるだろうと安心しようとして、その安心とは違うよくわからない安心を不意打ちで渡される。

宙人はいつも不意打ちだ。

だからだ。

殺すのがとても難しい。

「今日は、たくさん……水を飲んで眠るよ」

とりあえず速やかにあらゆる辞書で相思相愛の意味を引かなくてはと、それだけ言うのが絵一には精一杯だった。

五月の十六夜の下を歩こうと、大吾と正祐はいつものように西荻窪南口鳥八のカウンターにいた。

「実は『春琴抄』をちゃんと読んだのは、十年ぶりだと気づいた」

三つ葉のおひたしに叩いた紀州梅が載っている小鉢を、天明純米をやりながら大吾が突く。長い執筆が間に入ったので止まっていた「春琴抄」を、もうすぐ読み終えるところだ。

「初恋なのにですか」

一方初鰹と新玉ねぎの漬けを呑み込んだ正祐も、「春琴抄」は珍しく再読が止まっている。

「成人以降は現実の女がいたので春琴は必要なくなった」

「本当にあなたは最低ですね……」

「よくも自分の男に向かってそうも冷ややかなまなざしを向けられるものだな！」

歯を剝いた大吾に構わず、正祐は天明を呑んだ。

「はい、白海老とそら豆の搔き揚げ」

百田の手がカウンターに揚げたての搔き揚げを置くのに、二人ともが一瞬喉を鳴らす。

「これが毎年楽しみです」

「塩がきつめなのがいいな。辛口でいこう、萬代芳山廃仕込純米」

白海老とそら豆の掻き揚げで、老翁にいとも簡単に仲裁されてしまったことに恋人たちは気づかなかった。

「読み進めると、春琴はいないようだ」

「私もそう思います。佐助だけの物語ですね。春琴は本当に存在したのかとさえ思います」

そもそも「春琴抄」は、佐助が編ませた「鵙屋春琴伝」を第三者が春琴の墓を訪ねながら辿るという物語になっている。

「ガキの頃の俺は、どうやって春琴を妄想してたんだか」

「それは、正しく佐助の視点だったということではないのですか？」

佐助の見ていた春琴の話ではあるが、そういった一人の視点からの物語というものは別段珍しくはなかった。

「十四、五だぞ？　佐助の視点も何も、寝床のことしか考えてなかった」

「あなたの正直さは、望ましい時と全く望ましくないときの差異が著し過ぎます……」

物憂げにため息を吐いて、正祐が遠くを見つめる。けれどまだまだ熱い掻き揚げを口の中に入れると、機嫌が戻った。

「いないようというより、春琴は佐助が作り上げた虚像だ」

「私も、読み進まない理由はそこだと感じました。子どもの頃は春琴の驕慢さや傲慢さに佐助が健気に慕い従っていると、痛ましく思って読みましたが」

「文中にも、きちんと書いてあったな。その春琴の傲慢さを作り上げたのは佐助だというようなことが。自分が生来のマゾヒストなんで、好きなようにサディストを育てたという感が」

珍しく恐ろしげに肩を竦めて、大吾も掻き揚げを頬張る。

「読み進めて行くと、妻とも言える人が春琴である必要があったのかと……」

「まるで心のない美しい人形を作って行くようだ。好きな形に」

「春琴はあなたの初恋でしょうに」

大吾の感想に異存はないが、正祐の声が春琴を気の毒に思った。

「子どもってのは、考えが足りないもんだな。今なら俺は春琴を、鶯(うぐいす)のように空に放つよ」

鶯の声を聴くときにだけ笑う春琴の美しさが、今は二人とも驕慢には思えない。

佐助の作った檻の中に、盲いた春琴は閉じ込められて憐れな鶯のように啼(な)いていた。


六月、暦の上では芒種だが、鎌倉(かまくら)文学館の薔薇園(ばらえん)の花は終わりに向かっていた。

「なんかあっという間に見終わっちゃったね。文学館」

人目に付きたくないという理由で絵一(えいち)は宙人(そらと)が家に通い来るままにしていたが、殺害しないまま二か月が過ぎて近所の人も「金髪の背の高い庭師が通っている」と知るようになった。

宙人の言う通りそもそもそんなに展示物のない、旧前田侯爵家別邸であった文学館の美しい洋風建築を出て、二人は終わり掛けの薔薇も眺め終えようとしていた。

「夏目漱石の手紙普通だったー」

今日は庭の手入れはいいから外に出ようと絵一から誘って、ここで待ち合わせた。

案の定宙人からは「デートだね！」とハートや絵文字の飛んだメールが返ってきて、やはり言葉が通じないという部分を見つけると、絵一はもはやただの安堵を感じるようになってしまった。

「そうだね。ごく普通の知識人としての良識ある手紙だった」

常設展の他に今は「夏目漱石の書簡」が展示されていて、一通り読んでは見たがだいたい普通の手紙だ。

「前にテレビで太宰治の手紙見たら、落書きとかめっちゃおもしろかったのに」

「あれは……」

ここで太宰治の手紙を引き合いに出されてはどんな手紙もおもしろくはないだろうと、狂気としか言いようのない彼の文豪の書簡を絵一も思い出す。

「芥川龍之介のことめっちゃ好きだったんだね。狂ったよーに名前書いてあった、斜めに。……あ、俺も絵一さんの名前いっぱい書き残すと百年後とかに展示されちゃうのかな!?」

自分たちにもそんな可能性があるのではと言い出した宙人を、実は今日も夏の白いスーツの下に携帯している銃で絵一は人目も構わず撃ち殺してしまいそうになった。

目の前の薔薇の下に埋めたら、宙人を養分にした薔薇は、どんな風におもしろおかしく咲くのだろうか。

「俺もそんくらい絵一さんのこと好きだもん。名前いっぱい書いちゃう」

いや、いつ自分が宙人をおもしろおかしいと言ったと、絵一は心の中の繰り言に不機嫌になった。

「よしなさい……」

外でデートだから張り切ったという宙人は、いつもよりよいTシャツを着てきたと言った。

黒地に白い女性がとぐろを巻いているTシャツと普段庭にいる宙人のTシャツの違いが絵一にはわからないし、庭にいるときのデニムには穴が空いていないが今日はふんだんに空いている。庭の手入れをしているときのデニムの方が、どう見ても上等だ。穴が空いていない。

腰に黒いジャケットを巻いた宙人の衣装は、薔薇の栄養には相応しくないように絵一には見えた。

「四メートルだっけ？　芥川賞くださいって書いた手紙もあったね、太宰治。巻物みたいなのテレビで観たよ、巻物！　絵一さんもあのくらい欲しいの？」

「何が？」

尋ねられて、惚けたのではなく素で絵一が答える。

「夏目金之助賞」

「……ああ」

言われて、さっきその当の夏目漱石の書簡をつまらなく読んだというのに、夏目金之助賞のことはすっかり忘れていた自分に驚いた。

選考委員である花房からは、二月以来律義に月に一度赤坂の文壇サロンの招待状が届いている。理由をつけて丁寧に断りの返事をなんとか書けていたのは四月までで、五月には絵一はもうそれどころではなかった。

「本当に、もう欲しくない。必要ないしね……」

だいたい存在を忘れていたと、怒涛のような四か月に深いため息が出る。

「でも、夏目漱石の賞は絵一さんいつか取れるよ。書いてるものがやさしいから、手紙も普通の人みたいなのかな」

「夏目漱石のことかい？」

あんなに必死に取ろうとしていた賞が必要なくなると、絵一はここからどこへ歩いて行こうかと、ふと茫漠とした気持ちで薔薇園を眺めた。

「うん。やさしいっていうか……」

「『こゝろ』が代表作の、夏目漱石がやさしいとは」

宙人と当り前に夏目漱石の話をして歩いて行くのが正解の訳がないと思いながら、足が自然に前に出る。

「俺そんなに読んだことないけど。『坊ちゃん』とか、やさしかったから夏目漱石もそういう人なのかなって」

代表作に「坊ちゃん」を持ってくるのなら、やさしい普通の青春小説を書いた人となるだろうけれどと、賞のことばかり考えて作品についてはあまり考えなかった漱石を初めてまともに絵一は思った。

「他の文豪のように自殺していないだけで、夏目漱石は鬱病だったんじゃないかと僕は思ってるけどね」

「え？　千円札の人が？　なんで？」

さっき見た書簡からしてもそういうイメージはないのか、宙人が薔薇の間を歩きながら目を瞠る。

「潰瘍で、大量の吐血をして最後には四十九歳で亡くなっている。酒は好まず、甘いものを大量に摂取して。多分それが原因で胃に穴が空いたんだと思うよ。酒が呑めていたら、死はもっと早かったとも思うからまだ甘いものでよかったのかもしれない」

「……？　吐血？　と、鬱病と甘いもの？　あ、そういえば『吾輩は猫である』の先生がずっとジャム舐めてた」

「あの先生は、ほとんど自己投影だろうね」

自己投影という言葉に首を傾げた宙人に、クリーム色の薔薇の前で絵一は立ち止まった。

「漱石自身、描いた主人公に自分を見たということ。漱石は国費でロンドン留学しているけれど、とてもロンドンが合わなかった。そこから心のバランスを壊したんじゃないだろうか。鬱状態になって……これは僕の想像だよ?」

先を聞きたがる子どものような目をする背の高い宙人に、乞われた授業をもう始めてしまっていると気づけない。

「鬱状態になると人は、脳内にセロトニンという物質が足りなくなる。多幸感、幸せを感じる物質だ。現代ならそれを補う薬を飲んで、胃に穴を空けなくてもすむ可能性があるけど。漱石の時代には鬱病という言葉もないから、無理やり幸せな気持ちになろうとして酒を呑んだり」

研究者の間では夏目漱石には他にも多くの病名が語られているが、絵一はそこまで漱石に興味があるわけではなかった。

「甘いものを過剰に食べたりする」

「どうして?」

「君はどう? 甘いものは好きかい?」

「好き! 代表作は『饅頭(まんじゅう)はそんなに怖くない』だもん。あんことかチョコレートとか好きだよ」

朗らかに宙人は、上背のある体で更に両手を上げる。

「食べたときどんな感じがする?」

「おいしい。あ、でも他の食べ物より幸せかも?」

言われればと、宙人はそのときを懸命に思い返していた。

「甘いものを食べると、簡単にセロトニンが出ると言われている。でも簡単に出るから、中毒になる。それはもう甘いものが食べたいというより、多幸感が欲しかったり不安や苛立ちを消して欲しいからで。漱石は一度大吐血をして死にかけても甘いものが手放せなかったのは、そういう理由なんじゃないかな」

苦しんで死に至るまでジャムを舐め続けたならそれは緩慢な自殺だったのかもしれないと、未完に終わった漱石作品「明暗」を読みながら随分昔に思ったことを絵一が回顧する。

「それでも書き続けたかったんだろうけれど、苦しい晩年だったのかもしれない」

その時は二つ年上の少年とは、「明暗」についても漱石についても話さなかった。絵一は家を出ていて、彼はもう日常的にはそばにいなかった。

話す相手が誰もいないと思って誰にも話さなかったままにしていたことを、今違う人に初めて話していると気づく。

「そんなイメージしない。国語の先生みたいなのに」

それは教科書に載っているせいで生じるイメージだろうと、無意識に絵一は笑ってしまった。

こんな穏やかに宙人と話そうとして、漱石の話を始めたのではない。

「だから、手紙や小説のように健やかな人物ではないよ」

自分もまた同じだと、絵一は宙人に言いたかった。

やさしい、きれいだ、そう宙人は世間と同じに白洲絵一の小説世界を評するけれど、それは虚しい絵空事だと書いた当人だけはよく知っている。

「でも、幸せに見えてたらそれもすごいんじゃない？」

漱石の話をしていたはずなのに、ちゃんと、宙人は自分の話として聴いているように絵一には見えた。

「できないもん俺、そんな大変なこと。たくさん血を吐くほどジャムを舐めないと生きてけないような毎日なのに、普通の手紙書いてあげたり『坊ちゃん』書いたり。すごいよ」

きちんと宙人は、漱石の話に戻って行った。

「……さすが六月だね。雨が来そうだ」

答えずに絵一が、ほんの少し雲行きが怪しい空を見上げる。

文学館の外に出て、薄曇りの坂を二人は珍しく無言で歩いた。

特に約束は何もしていないが、当然のことのように足が絵一の家に向かっている。

けれど長い坂を抜けて門のところで、ふと、宙人はいつもとは違う真面目な顔で立ち止まった。

「俺、絵一さんの家に入っていいの？」

門から中に入らずに、絵一に尋ねる。

何故今日に限ってしかもいつもよりずっと通る声でそんなことを問うのか、わからずに絵一は宙人を見上げた。

「今日鎌倉文学館誘ってくれたのって、デートじゃなくて俺が怖かったからでしょう？」

この間テラスのベンチで、絵一はこの忌々しい図体の大きな金髪の青年に抱かれてくちづけられた。

恋人だと言い張る、バレンタインデーの夜に一夜を共にしてしまった彼が現れるようになってからそれは、不思議なことに初めてのくちづけだった。

軽い雨が来そうな鎌倉は、もう夕方だ。今宙人を招き入れたら、今日はあのくちづけの続きを許すということになるのかもしれない。

自分が彼を怖いと言われるのは、とても心外だった。

だが、こうして彼の言葉を段々と聞いて体より心が侵略されていることは、絵一には確かにとても、怖いことだと認めざるを得なかった。

「絵一さん」

そっと宙人に頬を触られて、自然と顔を上げてしまう。

「俺のことちゃんと、恋人にしてよ」

門の前の往来で、下手をすると人目もあるかもしれない場所で、額に額を近づけられ乞われた言葉に絵一は大いに困惑した。

「……君の主張によると、僕は既に君の恋人のようだけれど」

夜景のきれいなホテルで大変不本意ながら恋人になったから、こうして足しげく遠い鎌倉に通って来ているのではなかったのかと、もう遠い二月の朝を振り返る。

宙人と一緒に埋めたくてたまらない裸の写真が入った携帯が、今日もデニムのポケットに刺さっているのが見えた。

「うーんと」

こめかみを掻いて、宙人が絵一を離れる。

「ちょっとウソついてた。恋人に、なりたい。俺のこと絵一さんの恋人にして？」

「どういうことだ？」

記憶を宇宙に飛ばしてしまった仏滅のバレンタインデーの夜、パークビュースイートのキングサイズのベッドで、何かしらすっきりしてしまったその事実について、とうとう絵一はまっすぐ尋ねてしまった。

「……やっぱり覚えてないんだ？　お酒弱そうに見えないのになあ」

口を尖らせて宙人が、拗ねたように絵一を見る。

「ソファに座って、夜景を見ながら君とウイスキーを呑んだよ」

「うん。で、俺が絵一さんのこと名前で読んだらなんだかぼんやりしちゃって。たくさん呑んではいたよ？　それでちょっと体が俺の方に倒れたから」

なんとなく自然に抱きしめてーと、その軽さは一貫して宙人だ。

「指が、俺のシャツを摑んで。すごくきれいな指だと思った。連れて行ってって言われて」

そこから先の時間が、絵一が宇宙葬に付してしまった記憶だ。

「わかった、連れてくねって」

「何処へ……」

「美人さんにホテルのスイートでしがみつかれて連れてってって言われたら、それは天国じゃん！」

明るい声で高らかに言われて、俄に頭痛に襲われて絵一がこめかみを押さえる。

「キスして、背中抱かれたからそのまま抱き上げてベッドに行った。そんであの大きいベッドの上でまた抱きしめてキスしたら」

「詳細に語らなくていい！」

「……ずっと待ってたって、言われた」

俯いて宙人は、小さく懺悔した。

――ずっと、待ってた。

自分がその言葉を言う相手は、一人しかいない。すぐに絵一は、自分がそのときいつもの夢の中にいたのだとわかった。

少年の姿をした二つ年上の男は十九歳で、十七歳の絵一は彼と約束をした。いよいよ蔵を潰すと父が決めて、生まれ落ちた場所には何処にも居場所がないと思い知った。

明日の朝隣町の駅でと告げて、初めて彼とたった一度、約束のくちづけを交わした。

「自分のことではないと……わかったろう！」

誓いの、約束の、呪いのくちづけから長く時が経って、それでもなお時間を止めて絵一はこの庭を道連れに息をしないで待っていた。

「わかったから頑張って途中でやめたもん！」

「途中って……」

「だってきれいで色っぽいからつい」

「詳細は語らなくていい！」

こんな大きな声を出したのは初めてで、絵一は既に疲れ切って死にそうになり足がよろけて門扉(もんぴ)に摑まった。

「でも、もう待たなくていいよ。僕ももう待たないからって……絵一さん、言ったから」

告げられた、その少年にしがみついていると思い込んだはずの自分が声にしたという言葉に、息を呑んで、それから吐き出す。

外へ。

拒んでいたはずの世界へ息を、絵一はうっかりと渡してしまった。

「待ってる人がいなくなったんなら、絵一さん一人なんだって思って。そしたら俺、途中まで頑張った責任取らないとと思ってさ！」

「結構だ！」

反射で絵一が、宙人の自己責任論追及を拒絶する。

「うん。それはなんか、わかった気がして。ここに来たら」

寂しそうに笑って、宙人は広い庭を見渡した。

「この庭、すごくきれいだけどすごく寂しい。こんなに寂しいのが好きなら、絵一さんには俺いらないかなあってわかった気がした。でも、寂しくないのも好きになってよって頑張ったんだよ？」

ずっと粉砕したいと絵一が狙っていた携帯を、宙人はデニムのポケットから取り出して手の中に見る。

「恋人のフリして、ごめん。ホントに、ちょーラッキーだと思ったんだ。バレンタインの夜に、きれいな年上の人が恋人になってくれるかもって」

絵一の目の前で、宙人は携帯の中の二人の写真をこともなげに次々と消した。

問題の写真があっさりと消えて行くのを、門扉に寄り掛かったまま呆然と見つめる。

「絵一さんのスマホからも消したら、もう何処にもなくなるよ。この写真」

「……殺人を、犯さずに済んだ」

手を汚さずとも写真データが消えるのを目の前で確かに見て、長い息をついて絵一が腰から小銃を抜いた。

慣れない、特に愛せない冷たく硬い武器を常に持ち歩いているのは苦痛だった。

「ええっ⁉　もしかして殺す気だったの⁉　俺のこと！」

目の前に晒された小さな銃を見て悲鳴を上げた宙人に、銃を持った両手で顔を覆って、大きく絵一が頷く。

「話せばわかるって言葉知ってる⁉」

「君は最初、全く言葉が通じなかった」

「いつから持ってたの、これ！」

さすがに後ずさって宙人は、大きく目を開いて銃を凝視した。

「持ったのは最近だけれど、最初のデートからちゃんと君を殺す気だったよ」

「ちゃんと殺す気って……ちゃんとってナニ⁉」

「しっかりときちんと。だが殺人にはあまり向いていないらしく、ずるずると時が経って六月になってしまった」

出会ったのは冬の終わりだったのに六月になって梅雨が訪れ、二人の上にはパラパラと小雨が降ってきた。

「……でもあれ、ちゃんとデートだったって思ってくれてるんだ？」

新宿で映画を二本観て、西荻窪（にしおぎくぼ）で食事をした日のことを、何処（どこ）までポジティブなのか嬉しそうに宙人が語る。

「なんで殺そうと思ったの？　いなくなってって一言言ったら済むのに。写真だって、頼まれたら消したよ最初から」

けれど、初めて聞く悲しい声を宙人が聞かせるのに、絵一は顔を覆っていた手を下した。

「強引に迫ってる自覚、ちゃんとあったもん」

「あった？」

自覚があった人間のやることかと、変わり果てた美しい庭が雨を浴びているのを絵一が振り返る。

「俺は好きな人の気持ちには、とても敏感なのです」

「簡単に好きに……なると言っていたね。どうして僕が好きな人なの。一夜を共にした人を、君は全て好きになるのかい」

自分を好きになる意味がわからないと首を振った絵一に、宙人は腰に巻いていたジャケットを頭から掛けた。

「かわいい、きれいな人。寂しい人。俺の好きな人」

雨に濡れないように庇われたのだと知って上着を返したかったが、小さな銃を持った手を上げられない。

「ここに来て庭見たら、寂しいのが好きなんだって思ってあきらめようかなってても思ったけど」

「そんな気配はみじんも感じなかったが……」

「一瞬だもん、思ったの。だって、俺といるの楽しそうだったからやっぱ頑張ろうって思って」

「そんなはずはない！」

「楽しそうだったよー。人といるの、忘れてたでしょ。この庭みたいに」

今年の庭を見ると去年は廃園に近かったと思える息吹がある花々を、宙人は指した。

庭はすっかり、宙人の手で息を吹き返してしまっている。

「絵一さんの物語みたいになってきたよ、この庭。ちゃんと」

「あれは」

宙人が見ている自分はあくまで自分が意図して作ってきた虚像でしかないと、絵一は無意識に打ち明けようとしていた。

「きれいにやさしく、人が求めるように計算して書いてるだけだ。僕の小説は全てそうやって書いている。絵空事の美しさで、僕の心とは無関係なんだよ」

このことは企業秘密で、だから今まで宙人にも言わずにいた。宙人の口が堅いとはとても思えない。憎い宿敵東堂大吾（とうどうだいご）にはむしろ言わないだろうと思えたから、勝負札として教えてしまったことだ。

宙人に今教えたのは、何故なのか絵一にはわからない。

「そんなわけないよ。それってさっきの、夏目漱石の話とおんなじじゃん。頑張ってる心って、やさしくてきれいじゃん」

さっき漱石のことではないように絵一には聴こえた宙人の話は、やはり自分に向けられていたのだと告げられた。

「それに、俺たくさん読んだ。絵一さんの小説。絵一さんの物語は、きれいでやさしいことに憧れてる、それがいいなって思ってる寂しい人が書いてるって……俺はちゃんとわかったよ」

「君の読解力など何一つ信頼できない」

ごく当たり前に誰もが思うことを、絵一が告げる。

「だよね。俺、読解力とかない。ゼロ成分」

そこはきちんと自覚があって、笑って宙人は肩を竦めた。

「……絵一さんといたから、わかったんだよ」

雨に金色の髪を濡らしながら、小さく笑う。

「憧れてる、正しさとか、やさしさとかきれいさとか」

誰から聞いても陳腐に聞こえるはずの言葉を、また絵一は宙人の声ですんなりと聴いてしまった。

「待ってる愛情とか、書いてるんだなって。絵一さんのそばにいたから、俺はわかった」

孤高の領土が侵略されて、もはやつま先程しか残っていない焦燥に立っている。

「俺、そういう絵一さんを抱きしめたいなって思ってる。憧れてるもの、俺があげたい。やさしさとか、人肌とか、あったかい感じの」

あったかい感じのと言いながら、いつものように宙人はずけずけと絵一に触らなかった。

「人といる時間」

触って欲しいなんて少しも思っていないと、誰彼構わず絵一は言いたい。

何故ならほんの少しだけつま先が、彼の方に疼いたので。

「ダメかー」

悲しそうに、それでも宙人は笑った。

いつでも図々しくこちらの都合など知ったことではないようなのに、大事な最後の線からは宙人は絶対に入ってこない。

人の領土を、決して侵すことはしなかった。

「俺が絵一さんを大好きになったのは、絵一さんがそうやってたくさん考える人だからだよ。絵一さんの書いた小説を読んで絵一さんと話してたら、絵一さんはたくさん考えてるって思った。人のこと自分のこと」

答えを待たずに、了解を得ずに、宙人は入ってこない。

「未来のこと、過去のこと。たくさん考えるから、その分たくさん傷ついてる。たくさん考えるから、その分たくさん怖がってる。きれいな心がもう怖くないように……俺、たくさんやさしくしたい」

入ってこないのに宙人の言葉に侵されて、絵一はその言葉に抵抗しようとしながら身動きができなかった。

返事がないのに、寂しそうに宙人が笑う。

「俺、絵一さんのこと愛してるんだけどな」

領土を侵すことなく、寂しそうに笑ったまま絵一に背を向けて、宙人は行ってしまった。

「……雨が」

いつの間にか止んだから上着を返したいと絵一が声を発したときにはもう、いつでも視界に嵩張る宙人の姿が見えない。

宙人の上着と、持ち主を撃ち殺す予定だった銃を持って、門の中に一人、絵一は足を踏み入れた。

暗い洋館の中に入る気持ちになれず、雨に湿ったテラスに上がってベンチに座る。上着と、そして銃を脇に置いた。

今朝久しぶりに読んだ青い表紙の「銀河鉄道の夜」が、テーブルの上にひっそり佇んでいる。湿りを帯びて撓(たわ)んでいるのを憂(う)いて、ため息とともに手に取った。

——一番好きな本ってなに?

最初のデートで宙人に問われた答えは、絵一も「銀河鉄道の夜」だった。誰にも教えたくないことで、当然のようにあのとき絵一は答えなかったのに、あっさりと宙人は同じ本の題を言った。理由などないと笑っていた。

「宮沢賢治（みやざわけんじ）も、理由がないと言われては驚くだろうに」

たくさんの人が物思うこの小説にと、絵一が文庫を捲（めく）る。

蔵の中で、絵一は何度もこの本を読んだ。二つ年上の少年と自分のようだと思った。カンパネルラとジョバンニが。

宙人はカンパネルラも連れて降りると言っていたけれど、カンパネルラが行くのであれば、きっとジョバンニは見送らなくてはならないだろうに。

「……あ」

不意に、何度も何度も「銀河鉄道の夜」を読み返してきた絵一は初めて、ジョバンニは一人で銀河鉄道を降りなくてはならないと思った。

絵一はずっと、一人の少年と銀河鉄道に乗っていた。

旅をせず、ただ、硬い椅子に少年と座っていた。罪を抱えた蠍（さそり）が真っ赤な美しい星になって燃えるのを、きれいだと言って見ていた。

「……あんな、大きな声を出したのは本当に生まれて初めてだ」

小さく声を漏らしたら喉が変に痛むことに気づいて、宙人が現れてから「生まれて初めて」

の連続だと絵一はまた、疲れた。

「本当に倒れそうだよ」

独り言ちて庭を見渡すと、雨がすっかり上がって夕方のやわらかな光が降りていた。

「庭に、光がさして」

光が留まる庭には、露を纏った花が幸いに咲いている。

「……きれいなものだね」

答える人がいないと、絵一はそれを確かに寂しく思った。

いつものように、元の自分に戻って、本の中に還って硬い椅子に座りたい。

文庫を捲ってカンパネルラに会ってみると、「あの人どこへ行ったろう。」と鳥捕りの話を彼はジョバンニにしていた。

「『どこへ行ったろう。一体どこでまたあうのだろう。僕はどうしても少しあの人に物を言わなかったろう。』『ああ、僕もそう思っているよ。』『僕はあの人が邪魔なような気がしたんだ。だから僕は大へんつらい』……」

鶴や雁、鷺や白鳥を捕る奇妙な鳥捕りを、カンパネルラとジョバンニは邪険にしたことをいなくなってしまってから後悔した。

「ジョバンニはこんな変てこな気もちは、ほんとうにはじめてだし、こんなこと今まで云ったこともないと思いました」

何百回、いや、何千回読み返したかわからない「銀河鉄道の夜」なのに、一度も心に掛からなかった文章が、絵一の目に留まって心に入り込んだ。

「お兄ちゃん、もうすぐ誕生日だね」

夏至(げし)の半分の月を見上げて、八角形の部屋のソファに絵一(えいち)は横たわっていた。

「そうですね」

いつものように黒いスーツを着た二つ年上の男が、対になる椅子に腰かけている。

「いくつになる?」

「三十七です。あなたの二つ上ですから」

「いつもそうして、僕を鏡に使う人生だ」

宙人(そらと)に鏡と言ったとき、絵一の鏡の意味はその場で宙人が語り出したこととはまるで違った。

「僕もずっとそうしてきたよ。あなたを鏡にして生きてきた。長過ぎる時間だった。そうは思わない?」

生まれた時にはもう、絵一にはこの男がいた。

人生の半分近くはもしかしたら、お互いを鏡にして通り過ぎたのかもしれない。

「私はそうは思いません」

「どうして？」

「過ぎたというのは、よいことではないでしょう。私は幸いですから」

今もこうしてお互いを鏡にしていることを、幸いだと男は言った。

「じゃあ、お兄ちゃんがどうしたいか教えてくれないかな」

「あなたの望むことが、私の望むことです」

想像通りの言葉を彼が言うのに、苦笑する。

「広島でも、山口でも、何処でもいいからお婿に行ってください。人生を取り戻して」

起き上がり、ソファに絵一は背をつけて座った。

「あなたが憎くて、名前を奪った」

白洲（しらす）絵一は、完全なる筆名だった。

「人生まで奪うつもりは」

なかったと言おうとして、それは嘘だと言葉を切る。

絵一が文壇にデビューすることになったのは、二十二歳の時だった。出自を完全に隠して、この筆名で投稿作を書き、新人賞を得た。

白洲英知（しらすえいち）という名前の目の前の二つ年上の男の人生を、奪えるとは思わなかっただけで、け

楔ケリ
keri kusabi
『パパセクスキャラメリゼ』
表紙
大人気連載♡クライマックス!!!
KASIO
『恋愛談義』カシオ
巻頭カラー
注目連載☆クライマックス!!!
「映画 ギヴン」絶賛上映中!
ナツキ『ギヴン』
カラーつき
うしの
カラーつき新連載
石原 理
er Collection：早寝電灯
シェリプラス
érit
極上の愛に酔うBLマガジン
2020 11
O〈Wed〉 ON SALE
スカーレット・ベリ子／猫野まりこ／
本郷地下／早寝電灯／
麻々原絵里依(原作：J・L・ラングレー)／林らいす／
西のえこ／七瀬／さはら鉄／色野イトほか
ショートコミック 氷室 雫／堀江蟹子
コラム すず屋
イラストリレーエッセイ「萌えモノ語り」：かさいちあき
予価：本体690円＋税
Twitterアカウント @hakkaplus
小説ディアプラス編集部Twitterアカウント @n_dearplus
ドラマティック＆♥な、ボーイズ・ラヴ・ノヴェル!!
COVER ILLUSTRATION：ミキライカ
予価：本体750円＋税
小説ディアプラス
Dear+アキ
2020 AUTUMN
第56回 小説ディアプラス・ペーパーコレクション
夕映月子
2020年9月19日(土)発売!!
カラーつき♥ファンタジー
夕映月子 ×陵クミコ
上級悪魔×日本人大学生、異世界身分差ラブ♥
夕映月子デビュー10周年プチ特集!!
カラーつき♥ファンタジー
小林典雅 ×おおやかずみ
人間の坊ちゃんと半獣人のお世話係の主従ロマンス♥
華藤えれな ×木下けい子
巻頭カラー♥ファンタジー
川琴ゆい華×笠井あゆみ
記憶喪失の魔法使い×たまご料理店店主、美味しいエロス＆ラブを召しあがれ♥
萌え映画♥エッセイ
大木えりか×山田睦月
コミック
麻生 海(原作：月村 奎)
松本 花
林らいす
一穂ミチ× 山田2丁目
久我有加×芥
栗城 偲×みずかねりょう
BL小説大賞トップ賞受賞＆デビュー!!
幸崎ぱれす×高星麻子
年に一度の特集号!
☆豪華作家陣によるアンケート回答結果大発表
☆テーマエッセイ：高尾理一
☆おすすめ作品紹介
などなど、企画もりだくさん♥
今年のテーマは……「ファンタジー」
(カット＆ミニマンガ：松本 花)
ちょっぴりオトナな電子書籍新レーベル Hakka+ ハッカプラス
毎月第1金曜日配信中!!
Hakka+編集部Twitterアカウント @hakkaplus
長与エリ子
奥田 枠
志水ゆき
高野 弓
新連載 9月配信スタート!
はんざき 半割
梅本ガチコ
夏目イサク
猫野まりこ
藤峰 式
ミキライカ

ディアプラス・コミックス9月の新刊　大好評発売中

B6判　定価：本体各670円＋税

大人気小説、待望のコミカライズ！

上下巻2冊同時発売!!

三池（みいけ）ろむこ　原作／砂原糖子（すなはらとうこ）

言（こと）ノ葉ノ花㊤㊦

▶㊤巻の試し読みはこちら！

▶㊦巻の試し読みはこちら！

B6判／定価：本体670円＋税

奥田枠の超人気オメガバース スピンオフ＆続篇！

試し読みはこちら！

奥田（おくだ）　枠（わく）

アンチアルファ アナザー

B6判／定価：本体690円＋税

"運命のひと"を巡るラブ・サバイバル♡オメガバース！

試し読みはこちら！

春田（はるた）

運命の番（つがい）がお前だなんて

映画 ギヴン

©キヅナツキ・新書館／ギヴン製作委員会

「映画 ギヴン」新宿バルト9、梅田ブルク7ほか 絶賛上映中!!

STAFF

原作：「ギヴン」キヅナツキ（新書館「シェリプラス」連載中）

監督：山口ひかる　脚本：綾奈ゆにこ

キャラクターデザイン：大沢美奈

音響監督：菊田浩巳　音楽：未知瑠

アニメーション制作：Lerche

配給：アニプレックス

CAST

佐藤真冬…矢野奨吾

上ノ山立夏…内田雄馬

中山春樹…中澤まさとも

梶 秋彦…江口拓也

村田雨月…浅沼晋太郎

公式HP https://given-anime.com

公式ツイッター @given_anime

原作「ギヴン」オンリーショップ開催決定！

会期：9月19日(土)～10月4日(日)

会場：アニメイト池袋本店3階わくわくスペ

ディアプラス・コミックス10月の新刊　10月1日

B6判／予価：本体690円＋税

ふくよか佐藤（さとう）くんが恋したのは皮肉屋美作（みまさか）くんで……!?

WEBサイン会開催!

梅田（うめだ）みそ

美作くんと迷える子豚

B6判／予価：本体690円＋税

新鋭・山田ノノノが描く、魂と本能で求め合うDom（ドム）/Sub（サブ）ユニバース！

山田（やまだ）ノノノ

跪（ひざまず）いて愛

B6判／予価：本体670円＋税

国の未来を背負ったハッピー夫婦性活（ラブライフ）！

WEBサイン会開催!

藤峰（ふじみね）　式（しき）

小町教授の開発記録365

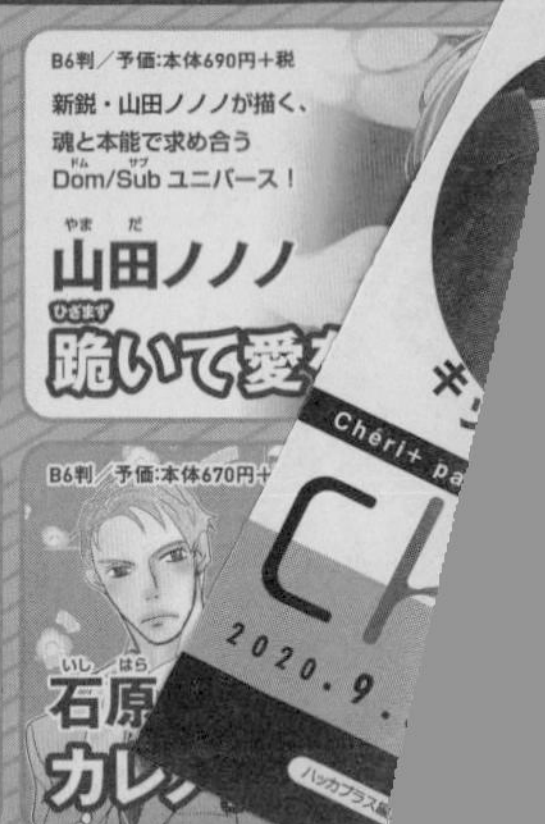

B6判／予価：本体670＋

石原（いしはら）

カレ

れど奪うことになる可能性はあるとわかってつけた筆名だった。

「新人賞を取ったこの筆名と、著者の写真を見た父は僕を引き裂きたかっただろうね」

投稿作には、やさしく人を思う心だけを持ちながら、閉じ込められてひたすら本を読んで逝った「正しい」青年を描いた。会うことはなかった大叔父の短い人生だ。

政治的な色はわかる者だけに滲んで見えて、それが絵一の生家をやがては真っ向から批判するだろうと、家の者たちにはすぐにわかった。

実家が止める間もなく、白洲絵一は瞬く間に文壇の寵児となってしまった。

「僕のせいでお兄ちゃんは、兄の第一秘書にもなれず。代議士になる地盤も作れず」

「政治には全く興味が、ないんです」

「ならどうして」

ならどうして当たり前に父の言いつけ通りに、自分を見張ったのと問いかけて、不意に絵一はそれを虚しく思った。

いつ言いつけられたのかは知らないが、絵一が知ったときでさえ二人ともまだ充分に子どもだった。彼にも言いつけられていたことの意味はわからなかっただろう。

憎らしい彼だけをけれど寄る辺にして摑んで離さず、十七歳の夏休みに絵一は一緒に家を出て欲しいと言った。蔵が壊されると聞いてすぐに。

そうすると約束してくれた彼と一度だけくちづけを交わして、けれど二人は家を出ず、蔵は跡形もなく取り壊された。

「最初に宇宙葬に伏した記憶は、あなたとの約束」

くちづけた翌朝、隣町の駅で始発の電車に乗ろうと決めた。

「あなたは来なかった」

陽炎のような駅のホームに、少年はいなかったと絵一は覚えている。

「ことに、したような気がしている。……約束の翌朝の記憶が、本当は全くないんだ。きっとあなたが来なくて僕は絶望して。その記憶は宇宙に葬って、あなたを憎むことにしたんだけど」

けれど夢の中ではいつも、少年は待ち合わせの駅にいた。

「……本当は行かなかったのは僕だったんじゃないのかな」

毎夜絵一は夢で駅の硬いベンチに少年と並んで座って、夏の朝指を繋いで幸福に電車を待っていた。

「行かなかったのは私です」

「やさしいね。嘘なのか本当なのか、少しもわからない」

澱(よど)みなく答えた彼を、まっすぐに見つめても本当に絵一には真実はわからない。

「どちらでも同じです。お父上には全て報告済みでしたから」

「それも、嘘なのか本当なのかわからないよ」

何処(どこ)かで道を、きっと二人は変えることができた。

生まれたときは家の中の定めに従うしかなかったけれど、その義務を真っ当に捨てる道は何処かにはあったはずだ。

「今は、あの時だったら全て捨てられたと思う。だって十七歳と十九歳だよ、まだ何も持っていない」

できなかったのではなくしなかった、選べなかったのではなく選ばなかったのだと、知ろうとせずに今日までを絵一は生きて来た。

いつどうやって、自ら時間を止めていたかを知ったのかは考えたくない。

考えたくないのに背の高い金髪の青年が、庭の真ん中に陣取って見えた。手を振って、その姿を掻き消す。

「今はたくさんの荷物を……持たないつもりでお互い持っていて、身動きが取れないね」

自分が、とうに責任のない少年ではなくなったことは、随分前から知っていた。

「結婚して名字を変えてください。英知さん」

最後だと思って、絵一は彼の名前を呼んだ。

名前を奪ったときから絵一は彼を、「お兄ちゃん」と呼んでいた。兄のようにずっとそこにいて、兄のように近しく、兄のように自分を見張り続ける名前のない人として呪縛を掛けた。

「お別れですか」

初めて、絵一は英知の心を聴いた気がした。別れたくないと言ってくれた気がして、やはり愛おしい狡い人なのだと俯いた。

「溶接された僕の心は、あなたの言う通り簡単に治らない。でもあなたの手はもう、放すよ」

銀河鉄道を降りようと、もう一度、絵一が彼を見つめる。

「さようなら」

声にすると、長かった時間から離別する悲しさが、当たり前に胸に湧いて絵一を驚かせた。

ふと、雲が月に掛かって男の顔が見えなくなる。

「庭が、息づきましたね」

十年以上通い続けたこの家の庭が変わったと、それを男は絵一の大きな変化と思ったようだった。

「そうだね。でもだからって僕が変わったわけじゃないよ。そう容易く治るような壊れ方をしているつもりはない」

「よくご自分をご存知で」

「今はただ、あなたと別れるだけだ」

未練を見せられるとまた手を取ってしまうと、はっきりと声にする。

「双葉」

男はまだ、絵一の手を放し切れずに名前を呼んだ。

「……その名前であなたに呼ばれるのは、二度目だね」

雲が行って、男の顔がちゃんと見える。

「子どもの頃お願いしてあなたが困りながら僕を呼び捨てにしたら、あなたはあなたのお父様に叩かれた」

双葉と、願いを聞いて名前を呼んでくれた少年は、月明りの中いつの間にか大人の男になっていた。

魔法が解けたように、現実がよく見える。

「さよならは、お互い言葉にしよう」

別れを言ってくれることを、今はただ乞うた。

椅子から男が、ゆっくりと立ち上がる。

「さようなら」

足音が静かに部屋を離れて行くのを、ソファから見つめた。ドアを開けて足音は廊下に出て、靴を履いてやがて玄関を出て。

手入れの行き届いた黒い革靴の踵が煉瓦の道を歩いて離れていくのを、黙って絵一は聴いていた。

本当は。

それでも彼が椅子から立ち上がって歩み寄り、少年の約束の続きをすると言うのなら、全てを捨てて行ったかもしれない。

「行ったかもしれない。行かなかったかもしれない」

わからないと、絵一は小さく笑った。

けれど彼は決してその堅い椅子から立ち上がって自分の方に歩き出さないことを、ちゃんと知っていた。

だから絵一は最後まで、彼に一度も教えなかった。

たくさんの荷物を持っても絵一はまだ、約束を僅かに心に残していた。最高峰である文学賞を取って文壇での地位をゆるぎないものにすれば、或いは。

或いは自分の力で彼と生きる道もあるのではないかと、長い長い夢を見ていた。

十七歳の夏休みの駅のホームで彼を待ったまま、夢の時間を惜しんで放さず、時を止めていた。

隣の人とは行けないのだと知っていて、銀河鉄道の硬い椅子に座っている幼子のように。

そう簡単には治らないと彼に教えた通り、絵一はそう簡単に自分の人生は変わらないと知っているつもりだった。

「庭が……荒れている」

人生は変わらないけれど、金髪の背の高い庭師が二週間来ないだけで小暑を過ぎた七月の庭は盛大に変わって、夏の日差しのせいでよく伸びたり生い茂ったり乾いたりしている。

「この、ペンより重い物は持たない指で、全てを捨てて何ができると思ったのか」

それでも息をしていた庭がまた蔓（つる）を乾かすのは忍びなく、仕方なく絵一は夕方の庭にホースで無造作に水を撒いていた。

寂しいという感情が、ずっと腹の底にある。

寂しいのは当たり前だ。長い間隣に座っていた人と、さよならをした。

ただ、自分は寂しさなど僅かにも持っていないと信じていたし、寂しさがこんなにも重く堪（こた）えるともまるで知らなかった。

「三十年以上そこにいたんだから、ずっと……」

幼い頃から傍にいて、夢に居て、そして月に一度永遠に通ってくる人と、何処（どこ）にも行けないような生き方をしてきた。

彼との別れが訪れても、そういう自分が変わるわけではない。

「前より少し、寂しさを感じるだけで」

泣いたりするのはとても嫌だ。

「これが日常になれば当たり前になる。寂しいという時間がきっと、日常になる」

一人でいるのが当たり前になって慣れるはずなのに、寂しさが重いのは誰のせいだと、絵一は不意に苛立った。

この重さは、十二歳の時に彼が自分の見張り役だと知った日から心にある石の重さと、全く違う。

いつの間にか心に在った少年との重い石を、愛おしいきれいなもののように捉えていたと絵一は気づいた。手に届かない金剛石のように。

気づいてしまったのはこの現実の寂しさが重く辛く、悲しく、とても苛立たしいからだ。

「……あの人のことを考えていたいのに、邪魔をしないでほしい」

幻のようになった夜に通う人がもう現れない悲しさを思っていたいのに、自分の代わりに水を撒いて蔓を刈るはずの金髪の不在が変に堪えるのが心から腹立たしい。

夢の中のきれいな石の重さより、水を撒く人の、庭をともに見ていた人のいない寂しさが絵一を侵していた。

「あれ⁉ 自分で水撒きしてる！ えらい！」

「な……っ」

二度と現れないと思っていた宙人の軽い声を聴いて、驚いてホースごと振り返ってしまう。

「つめたっ！ でも気持ちいいね！」

「……どうして、また来たんだ」

この青年も別れて行ったはずだと、困惑に絵一は宙人に水を掛け続けた。

「だってこないだ告白したじゃん？　ちょっと！　もういいよ水！」

相変わらず理解不能なTシャツを着ている宙人がずぶ濡れになりながら絵一に歩み寄って、手元からホースを取る。

「俺は好きな人には会いたいし、ちゃんとくどくもん。ただ待ってたりしないよー」

未知の生命体は、相変わらず絵一には全く想像不可能なことを言った。

「この庭も、絵一さんも、かわいそうなまんまにしとかないもん」

想像不可能だが、残念ながら五音階よりは何を言っているか理解できるようになってしまった。

「かわいそうだと言われるのは嫌いだ」

さっきまで存分に宙人の不在が大切な人との長い別れへの寂しさを邪魔していて、その腹立ちのまま絵一が心を言葉にしてしまう。

「だから、かわいそうにしないよ。俺」

「僕はかわいそうじゃない」

「じゃあ、悲しくて寂しい」

笑って、宙人は絵一にホースを向けた。

「よしなさ……い……っ」

ずぶ濡れにされて、髪も滅茶苦茶になってシャツも冷たく肌に張り付く。

「たくさん考えるからたくさん不安になる。でもね、たくさん不安になるのは絶対、やさしいからだよ」

ホースを置いて、宙人は水の元を止めた。

「だって、あんな風に不幸になったらどうしよう。こんな風に不幸せになったらどうしようって、たくさん考えるんでしょ？　たくさん想像する。やさしいよ。俺、たくさん考える人が好きだよ」

きちんと宙人がホースを始末するのに、バレンタインデーに宙人が振られたと言っていた女性が聡明だったことを絵一が思い出す。

「俺そんなにたくさん考えられない。だからいっぱい考える人といて、俺もやさしくなりたいんだ」

「そういう相手を選ぶから、すぐに振られるんだよ……」

「ひどい！　代わりに俺は、大丈夫だよって言ってあげるんだよ!?」

両手を両手で取って、宙人は絵一の額に額を合わせた。

「ねえ絵一さん、大丈夫だよ」

「……何が」

近い、離れろと言いたいはずの自分が、絵一の中で行方不明になる。

「俺はたくさんは考えられないから、あなたを傷つけないよ。俺はたくさんは想像できないから、不安にならない」

唇が唇のそばにあって、夕日はゆっくりと西の地平に沈んで行った。

「不安にさせないよ。いなくならない。寂しくさせない」

強情に応えないでいる絵一に、宙人が笑う。

「俺、ホントに結構簡単に人を愛しちゃうの。だからあきらめも早いんだよ、いつもなら」

いつもならと言葉が付け加えられるのを、絵一は聴いていた。

「フラれるのなんか慣れてるし、そこはなんかがんばんない。だって俺いらないって言われてるのにがんばったら迷惑かけちゃうじゃん？」

非常識の塊なのに宙人は確かに、引かれた線だけはちゃんと見えている。

「でも絵一さんのことは一人にしとけない」

ムリ、と宙人が不意に少し強く言った。

「やさしいこと正しいこときれいなことに憧れて、絵一さんが一人でここにいるって考えると俺が泣きたくなっちゃうんだ。俺が泣きたくないから、そばにいさせてよ」

「……それはただ、半年近くもこうしていたから」

自分が殺せなかったばっかりに湧いてしまった、宙人のいつもとは違う情だろうと、力なく絵一が告げる。

「そうかもしれないけど」

鼻の頭を掻いて、宙人も否定はしなかった。

「でも、こうやって一緒にいた人と離れたくないのって」

いつも変わらない軽い声明るいまなざしで。

「愛じゃないの？」

宙人が絵一のまなざしを捉える。

捉えられて、絵一は大きくため息を吐いた。

「……君に頼みがある」

自分には今他に思っていたいことがあると、宙人が来る前からずっと苛立っていたのを絵一は決して忘れていない。

「出て行ってほしい」

見上げると宙人は、切なそうな目をした。

「僕は今、ずっと隣にいた人と別れてその寂しさを受け止めていたいんだ。寂しくしていたいんだよ」

なのにその寂しさになかなか触れないのは、この青年が訪れなくて庭が生い茂ったせいだと絵一はわかっていた。

「いつも僕の傍にいた人と、別れたんだ。その別れについて考えていたいのに」

遠い日の少年ととうとう「さようなら」をお互いに言ったことを、絵一は楔にして朝を迎えたい。

「ずっと君が邪魔をしてる。僕の頭の中から出て行ってくれ」

なのに妙に実存感の強過ぎる寂しさが、儚い望みを怪獣のように簡単に踏み潰して絵一の領土をついに侵した。

「……それって」

一生懸命、宙人にしては長くたくさん考えているようだった。

「絵一さんも俺のこと考えちゃって考えちゃって大変ってこと？」

「そんなことは言っていない！」

もしかして！　と、嬉々として問われて、反射で絵一が言い返す。

「言ってるじゃん！　それに、出てったんだその人!!」

「その人って……」

会わせたこともない、話したこともない彼のことをまるで知っているかのように言う宙人に、絵一は目を瞠った。

「俺が抱きしめたときに、ずっと待ってたって言った人でしょう？　その人が絵一さんの中にいるの、俺知ってたよ。だから」

はっきりとその人の影を見て知っていたと、宙人が打ち明ける。

「頑張って男の子我慢した。だけど闘わなきゃって思ってさ！」

「何故君が闘う」

あっけらかんと言った宙人に、絵一が呆気にとられる。

「好きな人、奪わなくちゃ。たくさん考える絵一さんを寂しくさせない恋人に、俺がなるの！」

見知らぬ恋敵と向き合う準備はあると、宙人は胸を張った。

本当に、宙人は驚きの現実感を持って絵一の目の前に立っている。

「……既に君は充分に闘ったようだ。だから僕は」

彼の手を放したと、さすがにそれは教えようとは思わなかった。

「だから絵一さん、もしかして俺を絵一さんの恋人にしてくれたの？」

その人がいないということはそういうことかと、宙人が絵一の手を取っていつの間にか玄関の中に誘う。

「そのことについては……あと最低でも三十年ほど考えさせてほしい」

彼についてそのくらい思ったのだから、宙人については五十年以上考えてもいいはずだと、鍵が閉まる音を聞きながら絵一は首を振った。

「長っ！　俺告白したよ？　ちゃんと!!　その前にキスしたし。順番違うけど、俺は手順を踏む男だよ！」

「踏まなくていい！」

「じゃあこのままベッド？」

また大きな声を出したと驚く間もなく、丁寧に靴を脱がされて玄関に上げられている。

「濡れちゃうね、ベッドが」

ずぶ濡れのＴシャツを宙人は玄関に脱ぎ捨てて、絵一のシャツのボタンにも触った。

「後でいっぱい考えてもいいけど、今日は考えない夜にして」

指でそれを留めようとした絵一の鼻先で、宙人が乞う。

「お願い」

お願いと言いながら宙人の指が、答えを確かめるようにゆっくりとボタンを丁寧に外していった。

この青年がいない寂しさの重い石が、残念ながら今は消えている。

「どうして……先週は来なかったんだ？」

寂しさを認めてしまったと、観念して絵一は宙人に訊いた。

「告白したから、二週間くらいは絵一さんも考えたいかなって思ってさ」

「……短過ぎないか」

けれど生きている人間の彼が訪れなくなった石の重さは、もうこれ以上抱きたくない。

「一人にしないし」

その石の重さを、宙人は知っていると言う。

「俺が会いたかったんだもん」

でかい図体でかわいい声で言われて、やはり無理だと言おうとした唇に、観念を悟ったのか唇が重なった。

「……ん……」

抱かれて肌が触れて、くちづけが深まるのに背を抱いてやるほかない。

「寝室、どこ？」

問われて、絵一は眉間に皺を寄せて階段の方を見た。

「待ちなさい……っ」

躊躇なく抱き上げられて、抵抗する間に宙人が二階の寝室を見つける。

洋館の中でもそんなに広くない部屋には、ベッドとサイドテーブルがあるだけだった。

「やっぱりシーツが濡れちゃうね……って、絵一さんこれ！」

ベッドに絵一を寝かせて、サイドテーブルに無造作に銃が置かれていることに気づいて宙人が悲鳴を上げる。

「……君のことを心から思ってここに置いたんだよ」

「どういうことそれ！」

「こういうことだ。仮に君がここに通うのを許すにしても、どうして僕が君の下に寝かせられなくてはならない」

その屈辱を受けたら相手を殺すと決めていた位置に自分に寝かせた宙人の胸を、絵一は掌で強く押し返した。

「えー？　やなの？」

「念者念弟ということなら、間違いなく僕が念者のはずだ」

「えー？　それ東堂センセーの小説で読んだ……めっちゃエロいやつ。お勉強に読んだ。えー？　寵童って小さかったよ？」

体格で決めるものではないのかと、宙人が東堂大吾の小説から反論することがもちろん絵一にはとても気に食わない。

「僕は君の下敷きになるのは嫌だ」

寵童などという言葉に準えられるならなおのこと真っ平ご免だと、強情に譲らなかった。

「まあ……愛し合えるならさ。じゃあ、俺どっちでもいいけどー」

どっちでもいいと言いながら不満そうに、やはり体が濡れたままの金髪の宙人が、でかい図体でベッドに大の字になる。

「はいどうぞ」

食べて、と言った宙人に、絵一は体を起こして頭の中で「据え膳」を辞書で引いた。

造形だけは、宙人は美しいと言えないこともない。体躯は大きくしなやかで、手足も長く、今まで一度も考えたことがなかったが顔立ちも整っている。

今まで一度も考えたことがなかったのは、その整いを凌駕(りょうが)して余りある宙人の脳内の好天のせいだ。

「無理だ」

とても食えないと目を逸らした絵一の手を笑って取って、宙人がまた体を倒してしまう。

「俺がいた方がいいんだよね?」

横たわらせた絵一の頬に触れて、宙人は尋ねた。

「来なくて、寂しかったんだよね? 俺、絵一さんのこと寂しくさせないことしていいでしょう?」

瞼にくちづけられて、絵一の手が無意識にベッドサイドのテーブルに伸びる。

指先が銃を摑むのに、宙人は何故だか笑った。

「どうしても嫌なら、撃ち殺して庭に埋めて。それすっごい大変だと思うけど。俺は」

濡れた髪を抱いて宙人が、絵一の額に額を合わせる。

「絵一さんとちゃんと愛し合いたいの」

ちゃんと愛し合いたいという言葉を、遠くにではなく絵一は聴いた。

寝床で人と、服を脱いで抱き合ったことはある。それらのことは、経験としてしか記憶されていなかった。

人肌のある寝床では、絵一はいつも違う人を思った。十七歳の夏に一度だけキスをした二つ年上の男を思った。

彼とならどんな風になってもいいと思うと、誰との寝床でも少し肌の熱が上がった。

「……っ……」

指で、掌で、唇で、まだ庭で浴びた水の残る肌を丹念に拭っていく男は、夢に現れる幻ではない。

「……ん……」

うなじを吸われていつの間にか裸にされた足を撫でられて、その行いよりも漏れ聴こえた自分の声に絵一は我を失った。

「……無理だ！」

やはり年下の男に抱かれるなど到底自尊心が許しておかず、ずっと厭わしく思っていた銃の引き金に思い切り指を掛ける。

破裂音を立てて、弾頭は天井に突き刺さった。

「うわっ、ホントに撃った！　本当に音小さい‼　本気で殺す気だったの⁉」

ベッドで銃が放たれるという事態に、さすがに悲鳴を上げて宙人が絵一の手元を見る。

「言ったよ、それは」

初めて銃を撃った感覚に、既に絵一は憔悴していた。

「いいよ、殺されても」

笑って、宙人は銃を奪おうとはせず、絵一に長いくちづけを施す。

「本望」

唇を解放されて耳元で囁かれて、ただ呆れたと言いたい絵一の肌の熱が、上がっていた。

「君は本当にそういう安い台詞(セリフ)が」

自分が銃を放さないのによく続きができると、宙人の無鉄砲に感心する。

「よく浮く……」

「ひどい」

笑いながら宙人は、唇を肌に沿わせていった。

とても丁寧でやさしいけれど、今まではしなかったことをどうしてもするのだと宙人は譲らない。

「君は、最後の一線にはきちんと遠慮があったと思っていたのだけれど……」

そこは了解を完全に得てからと決めていたのではないのかと、上ずる声を吐息で絵一は流した。

「うん。だって絵一さんの中に誰かいたから、ちゃんと我慢した」

いなくなった少年のことを、宙人は言っている。

「でもその人、いなくなったよ?」

言い聞かせるように耳を食んで、宙人の指が腰から触れさせてはならないところに絡まるのに、絵一は銃を持ち直したかったが囁かれた言葉を聴いてしまった。

「……別れたんだよね?」

そうだ、確かにあの人とは別れたとまた思い出して、その寂しさの石は現実感はなくとも簡単には消えそうもない。

「その別れにもう少し、気持ちを置いておきたかったのに……」

「別れた人のことより、あなたを抱いてる男のことを考えて」

不意に、大人びた声が絵一の耳に熱い吐息を吹き込んだ。

「……っ……」

体を高められて、こんな子どもに何ができると何処かで高を括っていた自分に今更気づいても遅い。

何かされてしまって、交渉は無理だと絵一は彼の背を強く掻いた。

テロリストを黙らせるのには抱きしめることだと、あの人が言っていた。

確かに彼は黙っているけれど、むしろ声を堪えているのは自分だ。

「ん……っ」

あの人と彼と。

唯一無二だったはずの「彼」という人称が断りもなく自分の中で宙人のものになってしまって、頑なに時間を止めていた場所が彼に侵されたと知ったときには、その肩に爪を食い込ませて侵略者の指を濡らしていた。

「……っ……」

ほんの少しも声を漏らしたくないと噛み締めた唇の隙間から、それでも音が零れてしまう。

胸で息をしていると宙人の方も息を上げて、くちづけながら足の間に濡れた指を滑り込ませてきた。

「ん……っ、……っ……」

それだけは絶対に許さない撃ち殺すと言おうとした唇は、唇に占拠されている。

器用に体の中に分け入ってきた指は焦らずに肉を掻いて、それこそが侵略だと絵一はとうとう銃の柄で宙人の背を打った。

「いたっ！」

強かに打たれて、さすがに宙人がくちづけを解く。

「そんなにいや？」

「当たり前だ……っ」

指を蠢かせたまま問う宙人に、変に息が上がる顔を覗き込まれて絵一は銃の向きを変えようとした。

「なにがいや？　熱くて……ちゃんと、そうしたいって言ってるのに」

「言ってない」

「絵一さんの肌、俺と愛し合いたいって言ってるよ？」

なのにどうしてと、腹立たしいことに子どものような目をして、宙人は自分の体と絵一の体を段々に交えようとしている。

「……ん……っ」

自然の理であるかのように、当たり前に肌が求め合っていて、それが今まで絵一が経験したことがない人と愛し合うことだと教えようとしていた。

「……少し考えさせてほしい……」

頭でものを思えなくなってきて、焦燥することさえできなくなる。

「たくさん考えるといいよ。好きなだけ考えて」

「だから」

考えられなくなっていると言おうとして、それはいよいよ最後の砦だと絵一は唇を嚙み締めた。

「俺は何も考えられない、今」

あっさりと宙人の方はその砦を絵一に渡して、それが二人の当然だと言うように体と体をゆっくりと絡め合う。

「……っ……」

自分ではない体が自分の中に在って、段々と境目がわからないように満ちていくことを、侵されていると認識できず絵一は銃を手放したことに気づけなかった。

「……ん……っ、……っ……」

何処に自分がいるのかはっきりとわかる。

抱き合っている男と同じ場所にいて同じ熱を共有して、儘ならなさは「彼」が抱いて放さずにいた。

「俺……絵一さんと一緒にいるよ」

愛してるよと囁かれたらちゃんと「撃ち殺したい」という思いが一瞬だけ絵一の胸に還ったけれど、体の中で彼が自由にするのを自分の肉が許していてすぐにまた一つになる。

自分ではない、一人の人と。

殺すのは今からでも遅くはない。

朝日の中宙人の胸で目覚めて、弱い者にするように髪を撫でられるのに絵一はぼんやりと銃を探した。

「……起きた？　動ける？」

気遣う彼の言葉に、本気で銃の行方を思ったが、撃ち殺すにはやはりもう遅いとも気づく。

自分の中に自分ではないものがいた感覚が、はっきりと残っている。

体にも、心にも。

心地よいか否かは考えたくはないけれど、撃ち殺してしまうとその人はいなくなる。

「おなか空いた。朝ごはん食べたら俺、庭仕事するよ。剪定しなきゃ」

額にくちづける青年が、庭にまた息を吹き込むと言った。

これから夏の盛りを迎える庭は、きっと今までより美しく花を咲かせて、光をきれいに留めるだろう。

それを眺めるときにこの青年は、花の下に埋まっているよりも隣にいた方がいいと、絵一は彼がそばにいることを致し方なく求めた。

「……スクランブルエッグを作るよ」

幻のような少年だけを共にしてずっと一人でいたのに、どうしてこの青年がいないことが重い寂しさになるのか。

「嬉しい。大好き、あれ！」

くちづけられて、やはり侵略者であることに間違いはないが、未知の者ではなくなったのだと絵一は何か大切にしていたものを一つあきらめた。

「でも俺も一個くらいなんか料理覚えようかなー。もうすぐ誕生日だよね。お誕生日は俺が全部してあげたい」

誕生日と言われて、宙人が白洲絵一の著書プロフィールのことを言っていると気づく。

「あ、そういえば俺、絵一さんの本で難しくて挫折したのあってさ」

「絵一じゃないんだ」

「は？」

最高機密を絵一が明け渡すのに、宙人は意味がわからずきょとんとした。

「それに生年月日も違う。僕は二月生まれで、次の誕生日で三十六歳だよ」

「え⁉　どういうこと⁉」

「白洲絵一は筆名だし、プロフィールは人のものをそのまま使ってる」

「ちょっと！　ダメじゃない⁉　ベッドをともにした恋人に、名前も誕生日も教えてないとかホントにダメじゃない⁉　年も二つ違うじゃん！」

さすがにそれはないと、宙人が珍しく憤慨（ふんがい）している。

「だから」

怒り方が子どもだと、絵一はため息が出た。

「今教えた」

言葉の意味を時間を掛けて理解したらしく、悔しそうに宙人が笑う。

「ホントの名前は？」

「神代双葉（かみしろふたば）」

自分の名前を声にしたのはいつ以来なのか、絵一は思い出せなかった。

ただ声にしたら、それが自分の本当の名前だと、わかった。

「全然違う……びっくりするくらい違う」

やっぱりない、ともう一度怒って、それから宙人は言った。

「愛してるよ、双葉」

目を見て告げられて、それをどう感じたか絵一は絶対に宙人に打ち明けまいと決めた。

教えるにはあまりに腹立たしい気持ちだ。

「ただ、双葉と呼ぶのは二人きりのときにしてくれ」

「秘密なんだね、わかった。あ、そんで絵一さんの難しい本。お坊さんの」

「もしかして空也（くうや）のことを君は言っているのかい……」

物わかりよく秘密にうなずいた宙人が「お坊さん」と言うのに、それは阿弥陀聖（あみだひじり）のことを言っているのかと、忘れかけていた大切な眩暈（めまい）を絵一は取り戻した。

「じいちゃんが読んだ。そんで、なんか昔の本持ってるって色々言ってたよ」

「空也上人（しょうにん）のことを？　どのようにおっしゃった」

「……ええと」

ほとんど資料の残っていない口称念仏の祖でありご落胤（らくいん）であったと言われている僧侶について、どうやら宙人の祖父は細やかに語ったようなのに孫は一つも言葉にできていない。

「うち来る？　じいちゃんと話したら？　そのお坊さんの話」

「それは」

貴重な機会なので老人の話を聞きたいという率直な向学心が在ったが、今、この時、ベッドで、裸で自分に触れている男の実家に行くのかという困惑は、絵一でなくても感じる当たり前の感覚だ。

「大丈夫！　ちゃんとお友達から始めるから!!」

「……何処にゴールするつもりなんだい」

大切な眩暈をもう手放してはならないと、シャツを探そうとして濡れたまま玄関に捨ててき

たことをやっと思い出す。

「俺はたくさん考える人が好き。そばにいて？　ここがもうゴールだよ」

望みを、宙人は言葉にして絵一に聞かせた。

「俺は考えるの足りないから、それで時々すごく間違えちゃうからたくさん教えて欲しい」

「それは本当に、教師のすることだ」

何を得たつもりなのかと、苦笑して呆れる。

「恋人が教師で年上の美人なんてサイコーじゃん。あ、十個上だと思ったら八つ？」

「どっちでも同じだよ」

「あとね、恋人にも俺が必要」

投げやりに体を起こした絵一にまた、宙人は小さなキスをした。

「寂しいから」

「安い口説き文句だ」

「あ」

言われ慣れているのか堪える様子もないと宙人を見ると、不意に宙人が何か閃いた顔をする。

「そう！　これ安い口説き文句なんだけどさ‼」

「よくもそんなハキハキと……」

どういうつもりだと白皙の頬を険しくさせた絵一の額に、宙人は額を合わせた。

「そう思ってたんだけど、今初めて本気で言った。びっくり」

本当に本気で使うことがあるんだと、宙人はそのことに感心している。

「やっぱり俺間違えない」

「何を」

「好きな人」

教えられて唇が唇に近づくのに、絵一は大切な眩暈までをひと時、手放した。

西荻窪鳥八のカウンターには、「う」のつくものとして飛び魚の塩焼きが置かれていた。

「なんで飛び魚なんだ？」

うのつくものだよと百田が言ったので、いつものように正祐と並んで座っていた大吾が、可笑しくなって尋ねる。

「牛にしようかとも思ったんだが、あまり扱わないからね。年寄りは新しいことはしないが吉。魚のうだよ」

「なるほど」

夏土用入り丑の日で、いつからかこの日は鰻を食べる日ともされていた。

「鰻は本当に市場でも高い。高くてもいいんだが、値段に中身が見合わなくなってきたと鰻屋が一番嘆いているそうだ」

高くても安くても値段相応のものを出したいのは料理人の常らしく、この時期世間を多少騒がす鰻の絶滅問題とは無関係に百田がため息を吐く。

「飛び魚、とてもおいしいです」

箸をつけた正祐が、口の中で跳ねるような白身に笑った。

「なんでも同じだな。本も同じだ。値段なりのものを渡したい」

「あなたがそんな殊勝なことを言うのは珍しいですね」

いつもなら渡していると言い切るのが大吾ではないのかと、正祐が目を丸くする。

「後味が悪くいつまでも引くというのもまた、値段なりの本なんだろうな。おまえ、あれきり『春琴抄』の話はしないが読了したのか」

「あなたこそ」

二人して再読していた「春琴抄」について、読了後大吾と正祐は触らずにいた。

「初恋の春琴が、何か気分が悪くてな」

「最後に弱って初めて夫婦になるのを春琴が望んだのに、佐助はそんな人は春琴ではないと見ないふりでしたね」

「最初に佐助がいて、理想の形に春琴を固めたんだな」

大人になって読み返すと少年の頃にはわからなかった佐助の残酷さが浮き上がって、大吾にとって春琴との再会は思いがけないものになってしまった。

「俺は春琴は初恋だから、かわいそうに思ったよ。せめて死ぬ前に違う男が現れたらよかったな。春琴が人間だと教えてくれる他の男が」

「幼くして春琴を偶像化する佐助に出会って。佐助が、春琴という人を春琴という型に入れてしまったと恐ろしく思いました」

弱る春琴を佐助は春琴ではないと見なかったという短い一文に、人と添うことを与えられなかったのは春琴なのだと教えられる。

「佐助は幸せだったんでしょうね」

「この上なく幸せだっただろう。佐助が残酷だったんだな、ガキの頃はわからなかった。……あ」

春琴は驕慢と書かれているけれど憐れで弱い女だと辛く思って、ふと、再読を始めたときに忌々しく白洲絵一を重ねたことを大吾は思い出した。

「そういえばあいつは春琴じゃなかった。白洲」

「男性です」

そもそもと呆れた正祐に、「そうではない」と大吾が首を振る。

「初恋の話だよ。おまえのお母上の演じた女性で白洲が好きだと言ったのは、『伊豆の踊子』の踊子だった。白洲の印象と懸け離れているので勝手に俺が春琴に書き換えたんだな」

川端康成の小説「伊豆の踊子」に出てくる踊り子は少女で、孤児で心が歪んだと旅に出た青年の心をきれいに洗い流してくれる女とはとても言えないような、無垢な子どもだった。

「わからないものですね、私も春琴と言われた方がぴったりきますが」

普段ほとんど考えることのない白洲のことを、正祐も思う。

「書棚は心の中だと、篠田さんがおっしゃっていました。私もそう思います。白洲先生の心の中も、誰にもわかりはしませんね」

春琴、ナオミは少年たちの性の牙城だが、踊り子はまさしく聖域のような穢れのない存在だ。

「認識するな、あいつを人として」

つまらない焼きもちを焼いた大吾を、幼子を見るように見つめて正祐は笑った。

西荻窪は鬼門中の鬼門だがと惑いながら、絵一は宙人の祖父を訪ねてしまった。

どういう経路でこの祖父と孫は血が繋がっているのか。或いは繋がっていないのかもしれないとも思うほど、老人は思索が深く物をよく知る人物だった。

「呉服屋は財力があるから大きな書庫があったのはわかるけれど、それを勤めてる者全てに開くというところも賢明な方だったんだね。きちんとその知識が受け継がれた」

宙人の実家を出て駅への道を歩きながら、書き終えたと思っていた空也の物語だがその先を描けるかもしれないと、絵一は老人の知識と思考に感嘆していた。

「楽しかった？」

ニコニコしながら一つも理解せず聴いていたのだろう上背のある金髪が、いつか年を重ねるとあの老人のようになるのだろうかいやきっとなるまいと、遺伝子の謎が深まる。

「とても。またお話を伺いに来てもいいかな」

「うん。そのうち恋人だって家族に紹介してもいい？」

「三千年考えさせてくれ……」

考えるのには百を超える理由があると、老人と語った後なので余計に宙人の軽さが絵一の心身の隅々に染み渡った。

「俺このまま一緒に鎌倉行くー」

「語尾を音引きで伸ばさない」

「音引きってナニ？」

絶望的なことを問われたところに、改札に向かっていた明るい駅の構内で、南口からこちらを見ている二人連れに絵一が気づく。

以前飛び込んだ店ももう閉まっていて呆然と立ち尽くしていると、その二人連れはまっすぐ絵一と宙人に向かって歩いてきた。

「白洲先生、伊集院先生、ご無沙汰しております」

方丈記の世界で生きていただけのことはあって、この二人が連れ立っていることに対して何か感じ入る機微を持たない校正者塔野正祐が、微笑んで丁寧に不足のない挨拶をした。

「塔野さん久しぶりー！　東堂センセー元気？」

きれいに頭を下げた正祐とは裏腹に、今日は一際金髪が光り輝く宙人が軽やかに笑う。

身動きができずに絵一は、天敵、東堂大吾と真っ向から向き合っていた。

だがきついまなざしをしているのは絵一だけで、大吾のまなざしは過去に見たときと違って穏やかだ。

「珍しいお二人ですね。お友達なんですか？」

行く川の流れは絶えずしてもとの水にあらぬのですねと、世の無常を語るように正祐が全く悪気なく尋ねる。

「……お友達ってゆうかー、俺の一番大切な人！　ね！」

肩を抱くという暴挙に出ながら、恐らくは宙人的には控えめな主張が言い放たれた。

言葉など何一つ出ない絵一は目の前の天敵がどんな風に自分を嘲るかと身構えたが、想像とは違い天敵は戦場から悠々と降りた。

「あんたもなんかしらんが、大変だな」

生涯の敵と思った男に慈悲を向けられて、とうとう力尽きて絵一が駅に膝をつく。

「大丈夫？　ふ……絵一さん」

きちんと約束を守って、宙人は絵一を「双葉」で呼ばずに屈み込んだ。

天敵に憐れまれて足元に頭を垂れながら絵一は、まだ宙人の人語が翻訳できなかった頃、目覚めてベッドにいたのがいっそ東堂大吾であったならと思ったことを思い出した。

その方がどれだけ外聞がいいかと思った。白洲絵一の恋人は東堂大吾である方が、文壇的にも社会的にもとても収まりがいい。そうであってくれたならどれだけましだったかと願った。

だが宙人との半年を死に際の走馬灯のように振り返ると、万が一ベッドにいたのが大吾であったなら、殺人者になるのはかなり早めであっただろうとも思い知る。

社会的な死は、相手が大吾であった場合の方が早急だったはずだ。

「愛とは」

一体なんなんだと酩酊極まって、これが愛なのかと絵一は混迷を深めた。

「……もしかして、俺が恋人だとちょー恥ずかしい？」

無言のまま宙人を見上げると、悲しそうな目をして事態を一応は把握している。

「……スペインは雨は荒野に降る」

宙人の目を見て、絵一は言った。

「なにそれ」

「言ってみなさい。スペインは、雨は、荒野に降る」

「スペインは、雨は、荒野に降る」

言われた通り、文節を切って宙人が首を傾げながら復唱する。

「ヒギンズ教授だな。だが雨は平野に降っていたはずだ」

すぐにオードリー・ヘプバーンの名画だと気づいて、頭上から大吾が言った。

「もしかしたら、白洲先生の心に今荒野が広がっているのかもしれません。『マイ・フェア・レディ』ですね」

何もわかっていないのに何故今だけわかったようなことを言うのか、正祐が映画のタイトルを唱える。

「確かに僕は恥ずかしい。だから君を教育する」

「え？　ホント？　ラッキー！」

「ラッキー、ではない。君が変わるんだ！」

自分に相応しい、言いたくはないが東堂大吾程度の存在感にはなりなさいと、心で告げて絵一は立ち上がった。

「伊集院先生を変えられるというのは相当な困難かと……」

中学高校の教科書を渡すという行動で教育の一端を若干担った経験のある校正者が、あまりにも尊い行いですねと方丈記に還る。

「僕を変えるよりは簡単なはずだ」

「お変わりないことを、祈っててやるよ」

絵一の言葉を負け惜しみと受け取った大吾が、「既に大分変わってる」と言いながら手を振って正祐と南口に戻って行った。

「スペインは、雨は、荒野に降る？」

「それはもういい……そして確かに荒野ではなく平野だ」

疲れ切った絵一の手を、口を尖らせて宙人が取る。

「ねえ、でも本当にちゃんと変わったよ。ほどけた」

何がと全てわかっているわけではないだろうに、「ほどけた」という言葉を宙人は使った。

「俺の前で笑う」

「作り笑いも得意だ」

そんな風に言われるのは癪で、手を振りほどきたいのにそのまま改札に連れられる。

「泣いたりもする」

「泣いた覚えはない」

エスカレーターに乗って、二人は上り電車のホームに上がった。

「初めての夜にはもう泣いてたよ。だからやめたの、途中で」

夜の上りのホームには、ほとんど人気がない。

「泣いていた……？」

宇宙に記憶を飛ばしてしまった二月の夜、仏滅のホテルのベッドで絵一は何処までかはわからないが宙人に身を任せてしまった。

何故身を任せたのかは記憶がなかった。

ただ何度も「絵一さん」と名前を呼ばれているうちに、その名前を持つ少年とはとうに心ごと体も離れたと思い知って、目の前の肌に絵一は縋って。

少年の不在が悲しくて泣いた。

「……宇宙からの帰還」

その寂しさと悲しさにつけこまれて図体のでかい男にベッドで抱かれた記憶が、宇宙の果てから突然還ってきて、絵一は思わず拳で宙人の腹を殴った。

「いったっ！　なんで殴るの⁉」

「すっかり思い出したからだ！」

「え？　マジで？　めっちゃ可愛かったバレンタインの夜のこと全部⁉」

もう一度宙人を殴ろうとして、とても疲れて割に合わないと絵一が拳を下す。

「初めて人を殴った」

暴力を行使したのは人生で初めてで、また「生まれて初めて」が重なるのに絵一は笑った。

「……楽しいよ。君といるのは」

小さな声で言ったところに、上り電車到着のアナウンスが流れる。

「え？　なんて言ったの？」

二度はとても言う気にはなれず、絵一はただ微笑んだ。

尋ねたそうな宙人に、もうそれを教えない。

今朝も、絵一はまた同じ少年との夢を見た。

ずっと見ていた夢と同じ夢だ。ここと全く違う古びた田舎の駅で、硬いベンチに約束の少年を見つける。夏の朝を幸いに、少年と隣り合って座っている。

そう簡単に変われるような壊れ方をしているつもりはない。少年との約束の夢は、変わらずに訪れ続ける。

けれど少年の顔が、よく見えなかった。

昨日今日顔が見えなくなったのではなく、随分前から見えていなかったその寂しさに、今朝初めて絵一は気づいた。

「今日は……どんな夢を見るんだろうね」

電車が入ってきて扉が開き、中に乗り込みながら絵一が呟く。

「楽しい夢だよ。俺と一緒だもん」

さっき楽しいと言った絵一の言葉が聞こえなかったと言ったのに、宙人は健やかに笑った。

夜の電車は街の灯りの中を走り抜けて、やがて終着駅に着いたら二人はそこでホームに降りる。

それが朝方の夢ではなく現実だということが、とうに少年ではなくなった絵一の心に積もっていった。

心の奥に飾られた冷たい顔をした肖像画が、僅かに表情を変える。

昨日とは少しだけ違う瞳をして、まるで幸いを知るかのように静かに笑っていた。

これから夜の電車で向かう鎌倉の洋館には、今も寝室に小さな硬い銃がしまわれている。

けれどもしかしたらもう使わないのかもしれないと、絵一は見慣れてしまった視界の端に揺れる金髪に、小さなため息を吐いた。

ドリアン・グレイの
マイ・フェア・ボーイ

「服を着なさい」

鎌倉（かまくら）にも金木犀（きんもくせい）が香る十月。

ベッドにうつぶせのまま全裸の男を見上げて、まだ自分の肌が内側から強い熱を持って動けないことに、なるほど神のいない神無月（かんなづき）だと神代双葉（かみしろふたば）は暦を呪った。

「やだ」

やだと子どものような、けれど男の声が返る。

「……君は」

憎らしいことに余裕のある息遣（いきづか）いで自分の髪を撫でている年下の青年は、まだ宵（よい）の口だから二度目をと思っている気配がした。

「深い男性経験があるのか？」

一方まだ一度目の行いの余韻に身動きも取れず声も掠（かす）れている双葉は、ようよう伊集院宙人（いじゅういんそらと）の手を弱々しく振り払った。

「え⁉　ナニソレどうゆうこと⁉」

大きな体で相変わらず伸びた髪を金髪にしている宙人は、相変わらず子どもっぽい声を立てる。

「……いや、なんでもない」

どういうことなのか全く説明したくはなく、文壇のヘルムート・バーガーと名高い美貌に下りた前髪の下で双葉は目を伏せた。

「それですむと思う⁉　今の！　おんなじこと訊かれたらどう思う⁉　深い男性経験があるのって！」

殺意を催す問い返しに、双葉がベッドサイドのテーブルの引き出しを開けて瞬時に取り出した小銃を宙人に向ける。

「捨ててよそれ！」

動けなかったのに殺意にだけは従えるものだと、悲鳴を上げた宙人に双葉は取り敢えず銃を降ろした。

「厄介なことに」

実のところ双葉自身、この小銃を持て余している。

「武器というものは、一度手にしてしまったら捨てることがとても難しい」

「なんかの詩とか小説の話？」

ベッドの上で胡坐(あぐら)をかいた宙人が、大型犬のような風情(ふぜい)でキョトンとして訊いた。

「比喩(ひゆ)じゃない。不燃ごみや危険物に出せないだろう、これは。庭に埋めるのもいやだ」

こんな小さな銃一つの処分に困り果てるのだから核兵器の廃絶も難しいのだと、身をもって実感する。

「俺のことは埋めようとしたくせにー」

「君は花たちの肥料に多少はなるかもしれない。けれどこれはもしかすると毒にもなり得る」

金木犀が香り、そろそろ秋の花々も終わろうとしているこの家の庭は、肥料になり得た宙人が精魂を傾けて美しく瑞々しい庭園に生き返らせた。

宙人が現れるまで、思えばこの家の庭はほとんど廃園に近かった。

「それはそうかもね」

庭には芙蓉がまだ咲いていて、女郎花がそろそろ終わろうとしている。

近隣の鎌倉文学館ではもうすぐ秋の薔薇が咲き誇り、その薔薇ほどではないがここにも何種類かの薔薇が開き始めていた。

「ねえ、なんで訊いたの？　深い男性経験あるのかって。ないよ、ちなみに。深いのは」

「なら」

ないと答えられて、双葉はうっかり「なら」の後を続けそうになってしまう。

だがそれは言わずに、段々と熱が引いて行く肢体をなんとか自分のものに取り戻そうとした。

経験がないなら、何故宙人はこんな風に同性である自分の体を彼のものにしてしまうのか。

抱きしめられ肌の内側を存分に舐られると、双葉はまるでこの体が彼のものになったかのように制御が不能になる。

「わかった！」

そんなことは絶対に教えたくないと口を噤んでいた双葉に、あっけらかんと宙人は手を打った。

「経験ないのに、なんでこんなにいいんだろうって思ったんでしょう⁉」

まだ右手に持っていた小銃の底で、咄嗟に双葉が宙人の腕を殴る。

「いってーっ！」

「……何がいいだ。君はいつでも好き放題に……っ」

「図星でしょ？　答えはお勉強したからです」

腕を摩りながら大きく笑って、宙人は得意げに答えた。

「勉強？」

「うん。ネットで検索した。だって俺、男も女も美しければいけると言いつつ、本格的におつきあいした男の人双葉さんが初めてだからさ」

双葉さんと、宙人は息をするようにその名を綴る。

双葉はもう十年以上、「白洲絵一」という筆名を名乗って小説を書いていた。

文壇デビューとともに生家を捨て、ともに育った幼なじみにさえ名を呼ばせず、もう自分が双葉という名前だということも忘れかけていた。

自分に名前があったことを、忘れていた。

「……初めてなのか？」

「そうだよ。双葉さんは俺がこんなに愛した初めての人」

男も人もごっちゃにして、また宙人が双葉の名前を声で綴る。

何か月も宙人は、筆名が本名だと信じ込んで「絵一さん」と双葉を呼んでいた。初めてこのベッドで一緒に眠った朝に、双葉は誰にも教えずにきた名前を教えた。

息をするようになんの抵抗もなく、宙人はそれから双葉を本当の名前で呼ぶ。

「人生経験そんなにたくさんないよー、まだ二十代ですもの。だからネットに深く潜って調べた。双葉さんはどうしてあげたら気持ちよくなるのかなと念入りに……ちょっともう殴らないでよ！」

また小銃を構えた双葉に、さすがに宙人が防御の姿勢を取る。

「勉強するなら、もっと違うことを勉強しなさい」

「結構してるよー？　最近」

新進気鋭の時代小説家である宙人は、もう新人と言えなくなってきた最近になってようやく、歴史や文学を教科書から学び始めた。

「語尾を音引きで伸ばさない」

双葉は宙人の恋人であり、教師でもある。

どちらかというと教師である時間と自負を、双葉はまだまだ大切にしたかった。

「ナニソレ。音引き。前も言ってたね」

「スペインは雨は平野に降る」

「ナニソレ。前も言ってたね」

言葉を教えるといえばこの台詞だと呟いた双葉に、意味がわからないと宙人が肩を竦める。

「映画の台詞だよ」

思い出したくないが、西荻窪で八つ裂きにしたいライバル作家東堂大吾とその情人で校正者の塔野正祐にばったり会った夏の日にも、双葉はこの台詞を無意識に言った。

「なんの映画だっけ」

「『マイ・フェア・レディ』だ」

「タイトルは知ってるけど観たことない。どんな映画？」

「オードリー・ヘップバーンが、訛りの激しい花売り娘だったか……。確かその訛りが酷いと言って、言葉を教える。ヒギンズ教授が」

「なんで？　かわいそうじゃん、訛りとかかわいいじゃん。そんなのその女子プンプンだよ」

世紀の大女優オードリー・ヘップバーンを「その女子」呼ばわりして、宙人が頬を膨らませる。

何より「プンプン」という表現に対して双葉は物申したかったが、自分の中にない語彙なので教えるスタート地点を完全に見失った。

「オノマトペは攻撃的な表現が少ないというが、本当だな」

それでも本気で腹が立たないから不思議だと理由はオノマトペに求めて、シーツを引いてため息を吐く。

「おのまとぺ？　意味わかんないよー」

「動物の鳴き声や自然の音、心の状態を音で表現するという意味のフランス語だ。オノマトペには攻撃性の高いものが少ないという言説がある」

「もうその、おのまとぺは攻撃性の高いものが少ないというげんせつがって言葉が、俺にはとっても攻撃的……」

教師になってと言ったのが自分なのは宙人も覚えていて、習う姿勢でいるがついていけないと口を尖らせた。

「オノマトペの語彙は、君はたくさん持っている。よく聞くよ、君の得意分野だ」

「動物の鳴き声や自然の音、心の状態を音で表現……ワンワン？」

「そういうことだね」

「すべすべ」

シーツを纏おうとした双葉の足を、宙人が撫でる。

「よしなさい」

「……ドキドキ」

押し返そうとした双葉の手を取って、笑って宙人は自分の胸に当てた。

「ホントだ。やさしい音が多いね」

「苛々」

真顔で双葉が、自分の中のオノマトペ辞書からやさしくない音を漢字で引く。

「イライラ。でもやっぱりあんまり酷くないかも、おのまとぺ。その映画一緒に観たいな、『マイ・フェア・レディ』」

「オノマトペの映画じゃないよ」

苦笑して双葉は、話が遠くに行ったと教えた。

「あ、そっか。先生と女の子の映画だ。ラブストーリー？」

「有名なラブロマンス映画だね」

「一緒に観ようよ。初デート、映画だったし」

デートといえば映画だと、宙人は無邪気に笑う。

「さすがにどの映画館でももうやらないだろう。半世紀以上前の映画なんだよ。僕は親族がこういう古い映画が好きで、それで子どもの頃リバイバルに連れて行かれた。この台詞以外僕もよく覚えていないから、おもしろいのかどうかも……」

だいたいが恋愛映画に興味があったことは一度もなく、双葉はこの有名な台詞とオードリー・ヘップバーンのドレス姿しか記憶になかった。

「じゃあ借りてくる。レンタル」

「どうしてそんなに観たいんだ」

不意に「マイ・フェア・レディ」に拘り出した宙人に、双葉が首を傾げる。

「だって、何度も聴いたから。その映画の台詞。双葉さんの声で」

観たくなるじゃんと、宙人は屈託なかった。

「それに、言葉を教える先生と生徒のラブストーリーなんでしょ？　俺たちのことじゃん」

稚い声は不意に低くなって、双葉の右手を抑えて唇に唇を合わせてくる。

「……ん……」

右手を押さえられているのは銃を握っているからで、その小銃を取ってテーブルに置くと、宙人はシーツを剝いで双葉の上に覆いかぶさった。

「……よしなさい。もう服を着なさい」

さっき意識を手放して声を枯らしたのに、無理だと双葉が首を振る。

「ほら」

耳元を食んで、大人の男のような声で宙人が吐息とともに囁いた。

「その言い方好き。俺の先生、双葉さん」

好き、とまた言ってその唇が双葉の肌を這う。

駄目だと言おうとしたら声が掠れそうになって、肌という肌を愛おし気に抱く熱に四肢が囚われて呑み込まれた。

勉強をきちんと始めたら、宙人は宙人でまたきちんと執筆をするようになった。締め切り前は夏の頃よりは鎌倉への足が遠退いたが、それでも半月以内には必ず双葉のもとに訪れる。

「ねえねえ、おんなじ招待状来てたよ」

土地のものを届けてくれる食材屋が入れてくれた鴨を双葉が丁寧に焼き食べ終えて、食後のシェリーを八角形のリビングで宙人は二人分注ぎながら言った。

「ああ、犀星社からの。なんの招待状だった?」

門扉の郵便受けから取ったものの、玄関口に置いたままにしていた少し畏まった封筒を、双葉も忘れてはいないがまだ開けていない。

「なんか、コンサート。新宿のオペラなんとかってところで」

「どうして犀星社からコンサートの招待状が……」

犀星社は時代小説を中心に一般文芸や学術書を出版している老舗だが、今までパーティに呼ばれたことはあってもコンサートに招待されたことはなかった。

「わかんないけど、こないだ話してた映画のコンサートだった。『マイ・フェア・レディ』！タイムリーじゃん」

「あれは確か、もともとミュージカルで映画でも歌っていた気はするけれど。僕はミュージカルや演劇はあまり」

「ミュージカルじゃなくて、その映画の音楽のコンサートだって書いてあった。オーケストラとか入っちゃって、オペラ歌手の人が歌うんだって。ヨーロッパの有名なソプラノの人だってじいちゃんが言ってた」

宙人の祖父は文学にも学術にも芸術にも知見が広く深く、その人が著名だと言ったならそうなのだろうとは双葉も納得する。

「新宿だよ？　出会いの街だよ。一緒に行って、あのホテル泊まろうよ」

あのホテルがどのホテルかすぐにわかって、双葉はシェリーに咽(むせ)た。

うっかり宙人に出会い、珍しくも心身が不安定で双葉は宙人が持っていた安いウイスキーをパークビュースイートで大量に呑んでしまい、キングスベッドで全裸で抱かれたホテルだ。

こうした関係になっても、その目覚めの記憶は今も双葉には悪夢以外の何者でもない。

記憶どころか、我を失ってどうやら泣いたのだ。

「真っ平(まっぴら)ご免(めん)だ」

「冷たいなあ。シクシクだよ」

「君はオノマトペの辞書が多いね……」

「またおのまとぺで誤魔化すー。ねえ一緒にコンサート行こうよ」

「行かない。音引きで話す癖を直しなさい」

語尾を伸ばす度に双葉はそう教えていて、宙人はいつもなら「はあい」と言ったが、何故だか今日は悲しそうに小さく笑った。

「コンサートの前に勉強しようと思って、借りてきたんだよ？　映画」

部屋の隅に置いてあったリュックから、宙人はレンタルのケースを出した。

「借りられるものなんだ？」

世間から遠く離れて長くこの鎌倉の洋館に引き篭もっている双葉には、半世紀以上前の洋画を容易に借りられることが驚きだ。

「ここんちテレビがないから、ノートパソコン持ってきた。パソコンで観られるよ、一緒に観よ」

透かし彫りが入った薄いガラスからは満ち始めた月明りが入って、合わせて宙人が取り出したノートパソコンに淡く光が反射する。

その月明りの蒼さのせいか、気のせいではなく双葉には宙人が悲しそうに見えた。

けれど何故宙人が悲しそうなのか、双葉にはわからない。

ずっと、双葉はここに一人でいた。

月に一度、幼い頃から一緒にいた「お兄ちゃん」が深夜に通ってきた。双葉には「お兄ちゃん」はずっと特別な人だったけれど、彼が彼自身の意思を教えてくれたことは一度もなかった。

唯一にして、最も大切に思っていた人に、その人の思いを教えてもらえなかったので、双葉には人の本当の思いがわからない。

「……欲望や表層の浅い考えなら、いくらでも読み取れるのに」

宙人が何故悲しそうなのか、双葉にはわからない。

何十年も傍にいた「お兄ちゃん」がどうしたかったのかもわからないまま過ごしたために、大切な人が心に抱えることを察するのがとても難しい。

「……何が大切な人だ！」

「どうしたの、双葉さん」

思わず一人言ちた双葉に、いつもと変わらない屈託ない顔で宙人は訊いた。

あどけないようにしか見えない青年のまなざしを、双葉は見つめた。

無意識に胸のうちで今、「大切な人」と思ってしまった。覚悟はしていた。そうでなければ何度も肌を合わせはしない。しかもこの子どものような男の体の下で、何一つ儘ならず抱きしめられはしない。

「……わからない」

けれど「お兄ちゃん」と並べて大切と胸に言ってしまったら、どんな風に宙人の気持ちを汲んだらいいのかまるでわからなくなった。

「お兄ちゃん」の心は、何もわからないまま終わったのだ。

「何がわからないの？」

笑って、宙人が双葉の頬に触れてくれる。

君の気持ちだとは言わずに、双葉はシェリーを持って立ち上がるように促した。

「？　どこいくの？」

「そのケースだけ持って、ついておいで」

ノートパソコンは置くように手で示して、八角形のリビングを先を立って出る。

広い廊下を、ゆっくりと双葉は歩いた。やけに近くに寄って、宙人がほとんど隣を歩く。

「ここ、初めて歩いた……」

突き当りの地下に下りる階段に、宙人は怯えているようだった。

無理もない。大正時代に建てられた洋館なので、古い上にそれこそ映画に出てくるように暗いのだからと、重い扉を双葉は開けた。

「えええ、何この部屋！」

春から通い詰めたこの館に知らない部屋があることを教えられて、宙人がよく響く悲鳴を上げる。

「小さなところを選んだつもりだったけと、一人には広すぎる館だから。閉めたままの部屋もあるし、ここはたまにしか使わない」

「『不思議の国のアリス』みたいだ。ものすごく怖いホラー」

「不思議と『不思議の国のアリス』の認識が僕も同じだ」

座り心地のいいソファ一つしかない地下の部屋には、白い壁に映像を映すプロジェクターを置いていた。

「映画観る部屋？」

「たまにね。映画や、映像資料を観る。ここで」

「双葉さん映画好きだもんね」

「そうかな」

部屋を見回している宙人に、双葉がメディアを受け取ってセッティングしながら尋ね返す。

「初デートの時の双葉さんが選んだ映画観て思った。好きなんだなって」

それ以上の深読みや理由はないと、シンプルに宙人が語る。

「……座って」

書物と「お兄ちゃん」以外の何かについて、好きかどうかを長らく双葉は考えて来なかったけれど、言われたら自分は映画が好きなのだと知った。

好きだと知らずに、観たい映画を選んで一人で観に行って一人でここに帰った。好きだと知らずに、この部屋を作っていくつかの映画を棚の中にしまった。

「そうか……僕は映画が好きなんだ」

好きなものなどそんなに多く持っていないつもりでいたのに、不意に隣の宙人に教えられる。

宙人といるようになって、これは初めてのことではなかった。

最初は庭木だった。花。草。水。空、そして庭。

宙人が勝手に息を拭き込む度に、美しい、きれいだと双葉は感じて、思えばそれは好きという気持ちに変わりはなかった。

「すっごく古い映画だね。この音楽なんか聞いたことあるかも」

映像が白い壁に映って、長く映っている花の粗さと音楽から、宙人は時代を感じたようだった。

「だから、五十年以上前の映画だって言ったよ。君の気に入るといいけど」

「……双葉さんと、俺の映画でしょ？」

宙人はいつでも当たり前のように双葉の名前を呼ぶけれど、実は双葉はまだ呼ばれることに慣れていなかった。

「確かに言葉を教える物語ではあったよ」

だがドレスのオードリー・ヘップバーンはすぐに出てこず、花と文字だけの時間は長い。

「双葉さん、どんなだろ。先生」

もう忘れ果てていた名前も、宙人が呼ぶたびに大切に聴いていると双葉は気づかされた。

「……星になったと思っていたのに」

「星？」

「『銀河鉄道の夜』が好きなら、宮沢賢治の『よだかの星』は読まなかったかい？」

「……あ、読んだ。すごい悲しい話。悲しすぎて記憶から消した、それ」

「鷹という名前を名乗るなと鷹に言われて、醜いから」

よだかは、実にみにくい鳥です。

その一文から始まる「よだかの星」が、双葉は好きだった。醜過ぎて鷹に鷹を名乗るなと脅され、地上を離れて空に飛翔する。寒さや霜に剣のように刺されて血を流しながら高く飛ぶ。

「心安らかに燐の火のような青い美しい光になって、今もよだかは燃え続けている」

「何がよだかみたいに星になったと思ってたの？」

ソファの隣から問われて、双葉は少し目を見開いた。

時折双葉はこうして宙人が、じっと自分の話を一生懸命聴いていることに驚かされる。

「僕の名前が。もう随分と誰にも呼ばれていなかったから、燐のように青く美しく燃えているのかと思っていたよ。僕はよだかが好きだ」

あまり持っていない好きを、自分で言葉にしてみたくなって声にした。

「……それは好きじゃないよ」

「どうして」

「かわいそうなよだかと、おんなじだと思ってたんでしょ？　よだかはかわいそうだけど、双葉さんは違う。きれいだけど、青い星になって燃えたりしてない。燃えたりしちゃダメ」

額に額を押し付けて、叱るように宙人が言う。

「……好きなのに。よだか」

「ダメ」

理屈や理由をつけずに、宙人は首を振った。

好きを駄目と叱られて双葉は何か言葉を返したかったけれど、確かに夜空で青く一人で燃えていると思っていた名前はこの青年が取り返してくれた。

「もしかして、このすんごい声なのが俺？」

いつの間にか映画は始まっていて、人込みで汚れた花売り娘が確かに「すんごい声」を発していた。

「世紀の大女優だよ」

言われて見ればその声の主は、確かにオードリー・ヘップバーンだ。

「だけどものすごい声だ」

「これは訛り(なま)を強調してるんだろう。ほら」

柱の後ろから現れた紳士が、花売り娘が何処(どこ)の訛りなのかを当てる。

「この教授が、そしたら双葉さんだ」

「教え教えられるという意味では、そうだろうけれど」

さすがの双葉も曖昧(あいまい)に答えたくなるほど、出てくるなりヒギンズ教授の暴言は相当なものだった。

——耳障(みみざわ)りだ。文句があるならよそへ行って言え。不快な騒音を立てる者には、生きる権利などない。

花売り娘の響き渡るリスングローブ訛りに、しょっぱなからその言いようだ。

「……すごくかわいそう、この子」

なんの権利もないと罵(ののし)られている花売り娘に、宙人がまた酷く悲しそうな声を聴かせる。

「音引きで喋らないって、双葉さん言うとき。こんな感じ？　もしかして」

このくらい耳障りでこのくらい不快なのかと、不安そうに宙人は訊いた。

「まさか」

以前の、ここにただ一人でいた双葉ならもっと冷酷な言葉を贈ったところだが、音引きを咎(とが)めることを、ヒギンズ教授の「縛り首だ」とまでの言いようと同じにされてはたまったものではない。

「ここ、コンサート会場みたいだね。違うかな」

古いイギリスの建築は言われたようにも見えて、さっきコンサートを断ったとき宙人が酷く悲しそうに笑ったことを双葉は思い出した。

「……俺と一緒にいるの、恥ずかしい？」

場違いなところで注目を集める花売り娘と自分とを重ねたのか、小さく呟いてコトンと宙人が双葉の肩に頭を乗せる。

「訛りを誇張してるんだろうが、音引きとは比べ物にならないくらいの酷い声だ」

わざわざこの声を出させているのはわかっていたが、音引きのことを花売り娘と同じに捉えられたくないと肩に言うと、宙人は眠ってしまっていた。

悲しくなった子どもが、泣きながら眠ったように頼りなく。悲しそうに眉を落として、稚さを頬に滲ませて。

花売り娘を罵った後、ヒギンズ教授は訛りが差別を生んでいると群衆に怒った。

この前振りだとしても、ヒギンズ教授の言いようは酷い。

やがて花売り娘はヒギンズ教授の言語学のレッスンを、レディになるためのレッスンを始めた。

――スペインは雨は平野に降る。

「この台詞くらいしか覚えていないと言っただろう……」

歴史的な恋愛映画、ラブストーリー、ラブロマンスに、こんな凄惨な罵りが飛び交うとは双葉も想像していなかった。

少しも訛りの直らない花売り娘は、突然きれいな発音で有名な台詞を言う。

何か意味のあることをヒギンズ教授が言ったからだ。

それを学びの責任を花売り娘が知ったからだと一瞬双葉は誤解して観たが、どうやら彼女はヒギンズ教授に恋をしたらしい。

「そうだった、ラブストーリーだ」

ところがヒギンズ教授は花売り娘を実験体だとしか思っておらず、レディとして社交界に出すことは実験の成功としか捉えていない。

「なかなか……」

まるで人として扱わないヒギンズ教授を何故花売り娘が愛したのか、それは観ている双葉にもわからない。

「本当に酷い話だな。子どもだからわからなかったのか」

幼い頃一度観たはずだったが、今の今まで本当にただの恋愛映画だと双葉は思い込んでいた。

「それとも」

内容が薄いので有名な台詞しか覚えてないとさえ思っていたが、「マイ・フェア・レディ」の人を人として見ないヒギンズ教授は時代を鑑みても残酷すぎる。

「今までは……これを酷いと感じなかったのか」

人を人と見ないこと。人として扱わないこと。

その行いは、双葉の手元にもあったものだ。

何しろ肩の上の体温も、最初はどうにかして殺してしまおうと本気で思っていた。

体温の中にどんな思いがあるのか考え始めるのに、時間がかかった。

「……今も、ヒギンズ教授と変わらないのかもしれないな。僕は」

悲しい目をしたこの体温の思いが八角形のリビングでは少しもわからなかったけれど、今は知った気がする。

一方的にヒギンズ教授を愛したのに人だとも思われていなかったこの花売り娘より、宙人は悲しかったのかもしれないと双葉は惑った。


映画が終わる頃宙人(そらと)は起きて、一緒に眠ったけれど双葉(ふたば)を抱かなかった。

「観てなかったのに何故(なぜ)歌ってる？」

朝のスクランブルエッグを食べて庭を整えてくれた宙人が、「マイ・フェア・レディ」の中で誰かが歌った歌を口ずさんでいると気づいて、ウッドデッキから双葉は尋ねた。

「ほとんど寝てたけど、この歌よく聞く。耳に残るね。明るい音楽だから、あの先生と女の子ものすごいハッピーエンドなんでしょ？」

酷い始まりだったけれどハッピーエンドだったならと、昼間の陽の下ツナギ姿の宙人はいつも通りに明るい。

昨日はあんなに悲しそうだったのに。

「ハッピーエンド……」

肩に宙人の温もりを感じながら、双葉は意外と長かった映画をきちんと最後まで観た。

「なんでそんなに考え込むの⁉」

右手の下に翻訳書を置いて眉間に皺を寄せた双葉に、驚いて宙人が尋ねる。

「何をもってハッピーエンドというかが難しい」

「そんなに難しい話だった？」

罵詈雑言から始まったが、シンプルなラブストーリーだっただろうと宙人が想像するのはわかった。そういう結末を予測させる始まり方だったのだ。

「意外と深かったよ」

「どんな風に？」

「あれが恋愛映画なら、もっと恋愛映画の名乗りを上げられる映画は多い。恋愛方面より、社会風刺が辛辣で驚いた」

「しゃかいふうし……？　花売ってたのに？」

一体どういうことかと、宙人は困惑している。

「僕にはハッピーエンドには見えなかったけれど。映画としてはおもしろかったよ」

「先生と女の子くっつかないの!?」

「多分くっつくんだろうが……彼女には違う男性の方がいい」

人を人として見てこなかったヒギンズ教授は、花売り娘が自我を持って自立するのに慌てふためき心を揺らしたが、そんなに簡単に彼が変わるとは思えない。

「それって」

薔薇(ばら)に指先で触れて、捨てられた子犬のような目で宙人は双葉を見た。

「だって、あの先生と女の子。俺と双葉さんなのに」

どういう意味？　と小さく言って、宙人が俯(うつむ)いてしまう。

ヒギンズ教授と花売り娘が本当に自分と宙人だというのなら、今そんなつもりではなく声にしてしまった言葉に、それでも嘘はなかったと双葉は思うしかなかった。

太陽の下の朗(ほが)らかな青年を、こうして時折自分は悲しませている。それもきっと、子どもが声を上げて泣くほど悲しませている。いつも悲しませた後に、双葉は気づく。

そんなに簡単に、人は変われない。

「もともとは、ヒギンズ教授と恋に落ちなかったそうだよ。花売り娘は」

「もともと？」

「元は、『ピグマリオン』という戯曲だったそうだ。あの部屋に置いていた古い映画雑誌を探したら、詳しく書いてあった」

「誰とくっつくの、そしたら」

「別の、もっといい青年と花売り娘は恋に落ちるのかもしれない。ヒギンズ教授は言葉を教えるだけだ」

そうしてまた、宙人は悲しむ。

本当は今、双葉は宙人を悲しませたくて「ピグマリオン」の話をしたのではなかった。

「……僕の書庫に、シェイクスピアと一緒に『ピグマリオン』の翻訳があったので読み返してみたよ。ほとんど同じ話だが」

悲しませず、他に話して聴かせようとと思ったことがあったから、本をここに置いていた。

「ピグマリオンは」

「双葉さんがおもしろかったんなら、やっぱり俺もがんばってまた観る」

大きく笑って、宙人が双葉の声を遮る。

もっと悲しくなると想像したのかもしれないと、双葉もそれ以上を続けなかった。悲しませる話をしたいのではないのだけれど、今までも悲しませようとして宙人に泣きそうな顔をさせていない。

もしかしたら残酷な言葉を吐き続けるヒギンズ教授さえも、花売り娘を傷つけるつもりなどかけらもないのかもしれない。

「コンサート」

今朝、開けていなかった犀星社からの招待状を双葉は開いた。

「何故犀星社が関わってるのかわかったよ。その元になっている戯曲を書いたジョージ・バーナード・ショーの時代の、英国戯曲集を創刊するみたいだ」

「え、じゃあオペラなんとかを犀星社がやるの？」

子どものような宙人にも、新宿の大きなホールを老舗とはいえ小さな犀星社が仕切るのは驚きのようだった。

「いや、主催は大使館と政府方面で。海外からアーティストとオーケストラを呼ぶのに、協賛で名前を連ねたということらしい」

「犀星社っぽくないもんね。オペラなんとか。なんでなのかと思ってた。本が出るんだ」

それなら納得だと、宙人が頷く。

「一緒に行こう」

薔薇の前に立っている宙人に、双葉は言った。

驚いて、宙人は立ち尽くしている。

「いいよ、無理しなくて。俺、考えなしに誘っちゃって。大使館とか政府とか、そんなの無理無理俺。……それに、知ってる人たくさんくるよきっと」

――……俺と一緒にいるの、恥ずかしい？

昨日眠りに堕ちる前に宙人が呟いた言葉が、今も双葉の胸に刺さっていた。

「行こう」

言わせてしまった言葉を宙人の中に戻す慰めは、双葉には見つけられない。

「……そしたら、双葉さんに初めて会ったときのタキシード着てくね」

はにかんでツナギの宙人が笑うのに、さすがにその格好のままでいいとは言ってやれない。

けれどそのくらい言ってやれたらいいのにと心の奥底で自分が思い始めていることに、双葉はまだ気づいていなかった。


新宿といいながら、京王新線で一駅行った初台駅の真上に、オペラシティはあった。

十月の終わり、美しい夕暮れのデッキをタキシードに金髪の宙人とグレーのスーツの双葉が連れ立って歩くのを、二人を知る者も知らない者も立ち止まって見た。

知っている者には不可解極まりない二人連れで、知らない者には何かしら特別に際立って美しい二人に映った。

天然木を組んで三階席までよく音が響くように作られたホールには、パイプオルガンが静かにあって建物自体が荘厳だ。

最高のホールに、決して乱れず音を奏でるオーケストラ。人の体から出るとは思えない歌声を天井まで届かせる、ソプラノ、テノール、バリトンは誰の耳にも心地よく。

一階の通路前に用意された招待席で、厚い胸にきれいにタキシードを着た宙人は、仕立てのいいグレーのジャケットに包まれた双葉の肩で深い眠りについた。

コンサート中とはいえ関係者が固まっているその座席は、目立つだけでなく何処(どこ)からもよく見えて、なんならステージ上にいる歌姫もまっすぐ宙人を睨(にら)んで極上のソプラノを響き渡らせた。

「……ホントにごめんなさい。めちゃめちゃ気持ちよくて……」

大きな図体を小さく丸めるようにして、叱られた子犬のようになって終演後のホワイエに宙人は双葉の一歩後ろをついて歩いた。

開演前から二人を気にしていた関係者たちには、作家白洲絵一(しらすえいち)の肩で愛人のように眠る伊集院(いじゅういん)宙人という構図は、さぞかし見ものだったようだ。

今も人々がしっかりと二人を見送っている。

「背筋を伸ばしなさい」

立ち止まって、双葉は宙人に姿勢を正すように言いつけた。

「ふた……絵一さん。すごく怒った？　ごめん。本当にごめんなさい」

何度も謝る宙人の喉元のタイを、白く繊細な指で双葉が整え直す。

「僕が怒ろうが怒るまいが、今夜から君は僕の愛人だと間違いなく人々に知れ渡る」

いや、現在進行形というよりはもう知れ渡っていると、こっそり写真を撮ったり誰かに送っているのだろう観客に気づきながらも、双葉は全てを放り投げた。

「背筋を伸ばして、タクシーに乗るまでは美しい愛人でいなさい」

「……はい」

タクシーに乗った後はどうなるのだろうと、姿勢は正しても宙人は不安そうだ。

「よう」

タクシー乗り場に向かって建物を出ると、腹立たしい決して忘れようのない声が、背後から双葉と宙人に掛けられた。

振り返ると、タキシードのタイを既に引きちぎろうとしている東堂大吾（とうどうだいご）と、細いタイをきちんと身につけた塔野正祐（とうのまさすけ）が立っている。

「極めてデカダンス的な光景を拝ませてもらったよ」

揶揄（からか）うようにでもなく、大吾は二人の様をどうやら称えている。

「ランボー、ベルレーヌ、ボードレール。十九世紀の世紀末を彩った退廃美とは、確かにあのような光景だったのでしょうね。私は翻訳文学を読み始めて浅いのに、まさか現代の新宿で唯（ゆい）

美(び)主義を実際に拝見できるとは思いませんでした。ありがとうございます」

　相変わらずずれにずれている正祐が、深々と二人に頭を下げた。

「塔野くんもこういう場に来るんだね。君もとても唯美的だよ」

　いつもと変わらないヘルムート・バーガーの微笑(ほほえ)みで、双葉が言葉を返す。

「東堂先生、塔野さん。こんばんは」

　いつもの勢いはなく遠慮がちに、宙人だけがきちんと挨拶をする。

「こんばんは、伊集院先生。白州先生がおっしゃる通り、私はこうした場には普段来ないのですが。今回はお世話になっている犀星社(さいせいしゃ)にご招待いただいたので、社を挙げて参りました」

「新宿で食事をしていくのかい？」

　そちらこそ立派なデートだと双葉は言いたかったが、完全に自分と宙人が客席の主役となった自覚はあってなんとか堪(こら)える。

「いや、帰っていつものあれだ。な？」

　尋ねた正祐ではなく、隣でタイを毟(むし)り取った大吾が「あれ」と答えた。

「きっと生秋刀魚(なまさんま)の塩焼きがおいしいです」

　大吾と正祐はどうやら、西荻窪(にしおぎくぼ)までまっすぐ帰るつもりのようだ。

「あ」

　その横を急ぎ足で通り過ぎようとした、珍しい黒紅色のつるの眼鏡を掛けた男を見て、宙人が小さく声をもらした。

「なんだ、篠田さん何処にいたんだ」

「せっかくですから鳥八ご一緒しましょう。きっとスルメイカのルイベがいい頃合いです」

知り合いに会わずになんとかオペラシティのガレリアを通過しようとしていた篠田和志が、深いため息を吐いて足を止める。

「自分は素晴らしいソプラノを抱いて帰りたいのですが……。先生方、お揃いですね。お世話になっております。どうぞどうぞみなさんで」

「飛露喜が入ったようなことを、百田の親爺が言ってたが」

「え」

滅多にお目に掛かることのない名酒の名を語られて、篠田は顔を上げた。

「それでもソプラノを抱いて帰るのか」

「……謹んでおつきあいさせていただきましょう」

「じゃあデカダンスじゃない凡庸な我々は、地下鉄で新宿に行こう。……疲れただろう、おまえ」

双葉に嫌味を言い残して、音楽鑑賞がどうやら合わない様子の正祐に小さく大吾が問う。

「いいえ」

はにかんで小さく笑んで、正祐は双葉と宙人に頭を下げた。

まだ反省しているのか、隣で宙人は黙ったまま三人に手を振っている。

地下に下りていく正祐を、随分懐かしい思いで双葉は見送った。

あの青年を、家に置こうと思ったことがあった。おとなしく、よくよく見れば美しく、きっとずっと黙って本を読んでいる。時間の止まった廃園によく似合う、きれいな彫刻のようであの青年が欲しかった。

「もう、似合わない」

苦笑して、背は張っているけれど気弱な表情の宙人を双葉は見上げた。

あの青年が双葉の館に似合わないのではなく、庭が生き生きと呼吸を始めてしまった。

建物の陰で今は見えないけれど近くにある、宙人と最初に出会ったホテルの方角を双葉は見た。あのホテルのパークビュースイートの窓を突き破って、宙人を突き落とさなかったことが全ての始まりだ。

庭が、自分が息をした始まりだ。

「タクシーはやめて、新宿駅まで僕らは歩こうか」

今日は鎌倉まで、双葉は彼と帰るつもりでいた。

「早くタクシーに乗っちゃった方がよくない？」

「何故」

「みんなまだ見てるよ」

小さな声で、宙人が呟く。

「恥ずかしいでしょう？」

ガレリアには、通り過ぎるふりをして東堂大吾をしてデカダンスと言わせた二人を見ている人が多いのが、双葉にもわかった。

「恥ずかしいとも」

嫣然と、双葉は笑ってやった。

「『マイ・フェア・レディ』の元になった戯曲、『ピグマリオン』を熟読した。僕はなんでも文字から入るから、戯曲に纏わる神話も調べたよ」

「難しい話？」

神話と言われて、困ったように宙人がおずおずと尋ねる。

「映画の方がよっぽど難しかったし、怖かった」

「怖かったの？」

「ああ」

映画を観て双葉は、持っていなかったものを与えられた人間が、決してもとの世界に戻れない物語に恐怖を感じた。

自分ももう、与えられない世界に戻れない。よだかのように、青く燃える星のままではいられない。

「神話の方がわかりやすいし怖くない。キプロス島の王ピグマリオンが、理想の女性の彫刻を彫る。彫刻にガラテアと名付けて、やがてガラテアが裸でいることが恥ずかしくなって服を彫るんだ」

「へえ」

その話は宙人にはおもしろく聞こえたようで、やっと少し口角が上がる。

「何故（なぜ）ピグマリオンは、彫刻に服を着せようとしたんだと思う？」

「わかるわけないじゃん」

問いかけた双葉に、また困って宙人は小さく肩を竦（すく）めた。

「彫刻が恥ずかしいんじゃないよ」

——……俺と一緒にいるの、恥ずかしい？

宙人の言葉は、いつまでも双葉の胸に刺さって今もとても痛い。

「彫刻が裸でいることが恥ずかしいのは、彫刻に」

この喩（たと）えは、宙人にはわからないような気がした。

「感情がある人間だ」

双葉が今自分のことを言ったと、宙人にはわからないかもしれない。

いつの間にか、一人ではないと双葉は思い知っていた。一人なら、自分ではない他者のことが恥ずかしいわけがない。その人の言葉でずっと胸が痛むはずがない。

「僕は君が恥ずかしいよ」

笑っている双葉を、まっすぐに宙人は見た。

「もっと違う言葉があるのにー」

衒(てら)いなく、宙人が音引きで語尾を伸ばす。

伝わらないと思った言いようは、双葉の言葉をいつでも必死で聴いている宙人の胸に届いていた。

「俺とラブラブだって言えばいいじゃん」

もっとも胸を張った宙人は憎たらしくて、その脛(すね)を双葉は爪先で蹴ってやった。

「いった！　オノマトペは攻撃しないんじゃなかったの⁉」

「君は僕が言ったことを理解してない。オノマトペは攻撃性が低いと言ったのであって、僕の攻撃性とオノマトペの攻撃性は無関係だしだいたいラブラブはオノマトペでは」

ない、と言おうとした双葉の唇を、まだガレリアを出ていないのに、一瞬のキスで宙人が塞ぐ。

「……そこまでしていいとは言ってない」

だがここまでくると誰でもなんでも好きなだけ見ればいいと双葉は居直って、自分の気持ちを一生懸命知ろうとしている宙人を、睨んだ。

「きっと今、恥ずかしくて意味のないこと言ってたんでしょ？　俺、双葉さんの難しい言葉、何言ってるのか全然わかんない時もわかるようになったんだよ？」

いつもの朗らかさで、都会のオレンジ色の夜空の下でも宙人は太陽と変わらない。

「あ、わかるんじゃないや」

理解はしていないと、宙人は肩を竦めて見せた。

「信じられるように、なってきた」

少し照れて、俯いて宙人が笑う。

聴かされた言葉に、まるで知らずにいたことを双葉は教えられた。

わかろうとすると、わからないことに囚われる。わからないと信じることはできない。信じなければいつか、愛は枯れて廃園になる。

わからなくても、宙人が言ったように信じることはできるのかもしれない。

「……双葉」

不意に、双葉には酷く聞き覚えのある胸を抉られる低い男の声が、耳に届いた。

振り返らなくてもそこには、幼い頃からずっとそばに居た「お兄ちゃん」がいるのがわかる。

そういえば最近、あまり夢で会わない。

「……どうして」

長い時の中で自分の名をしっかり呼んだのは、たった二度なのに。

そしてこの人は西に行って結婚したはずではと、目を疑って双葉はやはりタキシードを見事に纏っている、かつて愛した人を見つめた。

「何も聞いていませんか？　婿の座は若手の秘書に譲りました。自分は今お父上の神奈川の地盤の一部を、お手伝いしています」

「何故」

「誰とも結婚は無理だと思い知ったからです。話が進んでおりましたのでお兄様にはお許しいただけず、お父上に」

国政の上に向かっていく双葉の父親に仕える生涯を選んだのだと、黒い、夜そのもののまなざしが双葉に告げた。

「……じゃあ、今日は父と」

大使館と政府が主催だったことを思い出しながら、あまりにも白州英知がまっすぐに自分を見るので、双葉は指先が真夏の駅のホームにいるように凍えた。

「もともと私は、あなたにだけ仕える身です」

凍えた指が、不意にあたたかな何かに包まれる。

見上げなくても双葉は、その熱の源をもう知っている。

「双葉さんと一緒にいるの、俺だよ」

はっきりと、宙人は白州英知に言った。

仕えるという言葉を聞かされたからではなく、黒い瞳が自分たちの間を断ち切ろうとしたのがわかって、怯まずに告げたのだ。

「行こう？」

確かめるためにちゃんと双葉に訊いて、僅かに頷くのを待ってから、新宿に向かって宙人が歩き出す。

長いこと夜傍らにいたまなざしが、背中を追い続けているのが、双葉にはわかった。

幼い頃から唯一だと思っていた人は、独身を貫くと自分に言いにきた。そのために新しい場に身を置いて、断ち切れなかった思いと向き合うことを告げにきた。

ぎゅっと、強く宙人に手を握られて、冷えた双葉の指に段々と血が巡っていく。

「手、繋ぐの恥ずかしい？」

今の彼が双葉の中からいなくなった人、心で別れた男だとわかったはずなのに、誰なのかと宙人は訊かなかった。闘う理由はないと、宙人は落ち着いている。

「恥ずかしいよ」

腹立たしいけれどその落ち着きはもしかしたら間違っていない気がして、双葉は笑ってようやく長い息を吐いた。

「ならどうして手を離さないの？」

揶揄う余裕さえ、宙人が見せる。

「それは」

道行く人も、二人を見ていた。きっとまだ、彼も遠くから双葉を見ている。

体温を渡してくる人と、手を繋いで公道を双葉は歩いている。

「この恥ずかしさは、僕の持ち物だからだ」

「また難しいこと言う」

でも信じてるけどと言って、宙人はほんの少しだけ瞳を揺らして笑った。

横断歩道の信号で、二人の足が止まる。磨かれた革靴の先に、小さな雨が落ちてきた。

不意の雨は強くなって、双葉と宙人のタキシードを髪を濡らす。

「雨の予報出てたけど、ちょっと早かった」

慌てて宙人は、ジャケットを脱いで双葉の頭を庇おうとした。

「僕は」

もう濡れた前髪が額に降りてしまった双葉が、きっと宙人には意味のわからない告白をする。

「君に、服を着せない」

意味はわからなくても宙人は渡された言葉を信じて、ジャケットの下で二人は長いキスを交わした。

あとがき

AFTERWORD

―菅野彰―

破壊の天使というアオリは、私ではなく編集部がつけてくれたものです。言い得て妙過ぎます。

ちょっとお久しぶりです。菅野彰です。

思いがけずとても楽しい一冊になった気がして嬉しい、「ドリアン・グレイの激しすぎる憂鬱」です。

白洲絵一、神代双葉には、最初から伊集院宙人級の破壊の天使でなければどうにもならなかったという物語になりましたが、こんな予定は全くありませんでした。

全ては、この「色悪作家と校正者」シリーズの挿画を描いてくださっている、麻々原絵里依先生のお陰なのです。

宙人の登場は、シリーズ二冊目の「色悪作家と校正者の貞節」でした。何点か宙人のラフを見せていただいた段階で、

「こんなにかっこよくなくていいですよ」

そう担当さんと笑っていましたが、結果宙人はめちゃくちゃかっこよくなった。なりまくった。

白洲絵一の登場はシリーズ三冊目の「色悪作家と校正者の純潔」で、そのときはラフを見ながら、

「本物のヘルムートも真っ青な美しさ」

と慄(おのの)いていたら、「純潔」の口絵になっているカラーはもう、

「白洲絵一のことはいつか何処(どこ)かで何かにしてやらねば……!」

そう強く誓う美しさでした。

「純潔」の中で絵一は自分の身の上を東堂大吾(とうどうだいご)に語っているけれど、今回書いたような背景は麻々原先生の白洲絵一と伊集院宙人がいて初めて生まれたものです。

麻々原先生には何度でも感謝です。だってこの本書くのすっごく楽しかった。

スピンオフを書くのは初めてではないけれど、こういう成り立ちは初めてです。

後から生まれた背景なのに、白洲絵一、神代双葉は破壊の天使じゃないと多分一生「お兄ちゃん」と廃園に引き篭(こ)もって終わりです。

そう終わらないのは、私としては革新的なことでした。

お兄ちゃんと双葉の共依存関係は、昔の私ならそれでもういい。帰結。宙人の出る幕はない。

今現在の私は、あの庭に天使が降りたって何よりだとご満悦(まんえつ)です。

惜しむらくは!

本当は文庫一冊かけて書きたいほとんどを、「マイ・フェア・ボーイ」に懸(か)けました。お兄

ちゃんが本気になって、宙人が立ち向かう物語が書きたかったです。双葉もまだまだ、簡単には動かない石や明け方に観るお兄ちゃんとの夢があって、丁寧に長く書きたかった。すごく書きたい。双葉の書くものも変化が起こるだろうから言及したかったです。そこまでは入らなかった。

このシリーズは実際に登場人物の足跡を辿ってくださるとご報告いただくので、注釈を少し。「色悪作家と校正者」シリーズは、スタート地点から暦を見ながら書いています。この本の時間は、2018年。ですが、二人の初デート映画は2019年日本公開の「サンセット」です。映画館は新宿武蔵野館。「サンセット」は監督の前作「サウルの息子」が一番好きな映画で(でもかなりしんどいので観るときはちょっとググってみてね)、それで観ました。あの時点では白洲絵一でしかなかった絵一が宙人に映画の説明をしていますが、あれは私の超解釈で本当のところはわからないです。でもとても映像の美しい映画だよ。

中盤の鎌倉文学館特別展「漱石からの手紙　漱石への手紙」は、2017年の展示でした。薔薇が美しく、漱石の手紙は結構ちゃんとしていた記憶です。

「ドリアン・グレイ」掲載の「小説ディアプラスナツ」(2019)では、作家二十五周年をお祝いしていただきました。このシリーズについてもインタビュー形式でいろいろ語って、「文豪たちの作品には通奏低音の下のメロディを奏でてもらって大きく力を借りています」みたいなお話をしました。

今回は一際借りてしまい、ちょっとした狡(ずる)なんじゃないかというほど「銀河鉄道の夜」と「春琴抄(しゅんきんしょう)」に大きくメロディを奏でてもらったと思っています。

ごめん、なのに「春琴抄」そんなに好きじゃない。

けど折々に書いてきていますが、

「いつ読んだか」

で、物語は感じ方が随分変わる。それがおもしろいです。

私自身は「舞姫」森鷗外(もりおうがい)著を自分の指標の一つにしていますが、「春琴抄」も「ドリアン・グレイ」のために読み返したら「あれ？　以前感じたことと逆だ」とびっくりしました。

「銀河鉄道の夜」はただただ大好きで、「デコトラの夜」（新書館）でも何しろタイトル通り宮沢賢治(みやざわけんじ)先生の力を借りております。ただ大好き。

「春琴抄」とともに驚いたのは、「マイ・フェア・レディ」でした。書き下ろしを書いている途中で、

「なんか真剣にもう一度観て書かないとヤバイ気がする」

と、宙人よろしくレンタルしてきた。

えーびっくりー。ヒギンズ教授の何処(どこ)がいいのイライザ!!

「マイ・フェア・ボーイ」を書き終えたあと、友達とWEB呑みをしながら「マイ・フェア・レディ」の話をして、

「いや、最後もしかしたらイライザは、『さあいったい何処でしょうね！』ってスリッパ窓から投げるんじゃ」

「その靴でヒギンズ教授の後頭部をコントみたいにはたくのでは」

と、盛り上がったよ。観てみて！　かなり深かった。思い出補正の「マイ・フェア・レディ」とは全然違ったけれど、別方向に深くていい映画だった。

そんな「マイ・フェア・レディ」のコンサートに、みんなでオペラシティにおめかししてお出かけです。表題作でははっきり書いていませんが、二人が出会ったホテルは新宿のパークハイアットです。

パークハイアットはともかく（私はそんなにご縁がない）、オペラシティは今現在の私からは結構遠い場所。だからすっごく楽しく書いた。ホワイエ、ガレリア、こんな人々が歩いているのを見たら立ち止まるよねと、わくわくしながら書きました。

雑誌掲載時から文庫に至るまで、担当さんには本当に感謝ばかりです。

読んでくださったみなさまは、破壊の天使が降り立った鎌倉の庭はいかがだったでしょうか。楽しく書いたので、楽しんでいただけたら本当に嬉しいです。

また次の本で、お会いできたら幸いです。

朝顔の咲き乱れる真夏に／菅野彰

ドリアン・グレイの、僕の名前

広いとは言えない緑色のビロードが張られたソファの上の、この物理的な距離が二人の心の距離だと、神代双葉は言いたかった。

白州絵一が、どんな趣向なのか年下の男を愛人にしたと、双葉本人の体感としては世界中を三秒程で噂が駆け巡った。

「俺同業者の知り合いに、馴れ初めなんですかって訊かれちゃった。ごめんね」

噂の年下のラマンこと伊集院宙人が、双葉の家のソファで夕飯後なのに缶ビールを呑みながら、少し困ったように肩を竦める。

「……何故」

双葉は手元にシェリーを持って、同じソファで敢えて距離を置いて座っていた。

何故謝ると訊こうとしたが、何をどう差し引いても、コンサートに誘っておいて二時間近く双葉の肩で眠った宙人が、それは百パーセント悪いに決まっている。

「まあ、お陰様で今までとは傾向の違うものを書かないかという話も山のようにきているから……」

宙人に出会った頃の双葉の想像と違って、伊集院宙人と白洲絵一の噂は、憎悪の対象である東堂大吾の言う通り「デカダンス」的な退廃美を伴って語られているようだった。

どうやら、悪いようにおもしろおかしくは語られていない。それが証拠に、白洲絵一の筆名の元には、今まで描いてこなかったような仄暗いものを書かないかという話が山のようにきていた。

それが今売り時だと、大勢が思うような噂話になっているということだろう。

「あの日、君がタキシードを着ていたことはとてもとても大きなことだったようだね」

半年前双葉は、殺人を犯してまで宙人と自分の写真を地球上から消滅させようとしたのに、オペラシティでは大勢が二人の写真を撮った。しかもその写真はソーシャルネットワーキングというものに乗って日本、いやまさに世界を駆け巡ったらしい。

海外からは虹色の取材依頼も来ていた。

双葉はまだそんな取材を受けられるほど気持ちが落ちついていない。

いや、まったく落ちついていないし事態を受け入れてもいなかった。

だから同じソファにいても、こうしてつまらない意地悪のように距離を取っている。

「タキシード?」

「ロンドンでは新聞にも載ったそうだよ」

わざわざ送られてきた英字しかない新聞を、グラスを置きラックから取って双葉は宙人の膝に置いた。

「えっ⁉　なにこれすごい！　俺と双葉さん外国の新聞に載っちゃったの⁉」

イギリスの新聞では芸術欄に、コンサート中タキシードをきっちり着て氷のような目をしている双葉の肩で、大きな体軀をタキシードに包んだ宙人が眠っている写真が載っていた。

コンサートスタッフによるアオリが書かれている。

「なんて書いてあるの？　これ」

「君は英語は……」

「日本語、今双葉さんに習ってるもん。俺」

「そうだった。……世界の歌姫、東の紳士を眠らせると書いてある。太字で」

「確かに眠くなった」

「よい音楽は人をよい眠りに誘うという煽りに、君と僕の写真が使われたんだよ」

そして双葉の手元には紙で送られてきたが、担当者からはネット版にも掲載されていますと連絡事項が記載されていた。

「双葉さん、めっちゃ怒ってるね。こんとき」

タキシードで腕を組んでまっすぐ前を見ている双葉は、もちろんそのときとても怒っていた。

成人してからコンサートの座席に着くことは少なかったが、子どもの頃家の付き合いでああした場にはよく連れて行かれた。

だから過度に動いたり声を発したりしてはならないとマナーを躾けられていて、誰もかれもが自分たちを見ているのをわかっていながら双葉は宙人を起こすこともできなかったのだ。

「……ホントにごめんなさい。でもめっちゃきれい、双葉さん」

この写真ほしい、と反省を新たにしながらも宙人が呟く。

「君は抵抗なく呼ぶね」

距離を保ちながらため息を吐いて、前々からとても気になっていたことをこの際双葉は声にした。

「何が?」

「僕の、本名。半年も違う名前で呼んでいたのに、抵抗はないものなの?」

むしろ、長らく誰からも白洲絵一としか呼ばれてこなかった双葉は、さっきからこの短い間にも宙人は何回自分の名を呼んだだろうと思う程、大きな違和感があった。

「めっちゃあったよ、抵抗。だってキスしたときもセックスしたときも、俺には絵一さんだったんだよ? めちゃめちゃあったよ」

「え?」

今宙人が言った、初めて寝た翌朝、双葉は初めて宙人に自分の本当の名前を教えた。自分で名乗るのにも違和感があったのに、その場で宙人はずっとそう呼んでいたかのように「双葉さん」と呼び始めた。

「だって、いっぱい呼んであげないと」

心から不思議そうな顔をした双葉を見て、宙人はその気持ちを珍しく隠していたのか気まずそうにこめかみを掻く。

「双葉さん、呼ぶたびになんだか、そんな顔するんだ」

そんな顔というのがどんな顔なのか、今双葉には見えない。

けれど呼ばれるたびに違和感を感じているのだから、何かしらいつもと違う顔をしているのだとはわかる。

胸にある思いの色は、置いてきたものへの惜別や悲しみのようで、少し違う気がした。

「だからその顔しなくなるまでいっぱい呼ぶよ」

呼ばれなかった名前が、息の仕方がわからないでいるのかもしれない。

「名前なんて」

「よだかは、名前を変えろって言われて空に昇って星になっちゃったんでしょ?」

宮沢賢治の「よだかの星」を、双葉が好きだと言ったことを宙人は悲しく覚えているようだった。

「名前は大事だよ」

よだかは、実にみにくい鳥です。

その一文から始まる「よだかの星」を、己のように思っては駄目だと、拙い言葉で宙人は双葉を叱った。

「双葉は、とてもきれいです」

読み返したのか、「よだかの星」の冒頭に準えて頬に触れた宙人が、距離を詰めてくちづけようとしたのを、双葉が思い切り掌で押し返す。

「なんでダメなのー」

「呼び捨ては許さない。僕は君の教師でもあるんだ」

強い口調で言って、けれど双葉は自分から宙人の唇にくちづけた。

「……え。双葉さんからキス初めてじゃない⁉」

「せめて多少の主導権が欲しくなっただけだ」

言い捨てて、開けていた距離のことを忘れてしまって、双葉が宙人の胸に背で寄り掛かる。

「多少だ」

名前を呼ばれて、その度にずっと心を動かされていた。

何も考えずに、本名だと教えられたから呼んでいるのかと思えば、年下の愛人は双葉に名前を取り戻すために呼んでいた。

もう、自分でさえその名前を捨てていたと気づいて、本当は双葉はやりきれなく悲しかった。

だからきっと悲しい顔をしていた。

いつか宙人は、その悲しみを押しのけて双葉に名前を返すのかもしれない。

「何言ってんのー。俺主導権なんか全然ないじゃん」

自覚のない主が、双葉の背を抱いて笑った。

「双葉さん」

耳元で囁かれて、また心が動く。

さっき呼ばれたときより、一歩先に動いた。

どんな風に彼が自分を変えているのか、双葉には見え始めている。

口惜しいので宙人に教えず、もう何も思わずにただ体を預けた。

この本を読んでのご意見、ご感想などをお寄せください。
菅野 彰先生・麻々原絵里依先生へのはげましのおたよりもお待ちしております。

〒113-0024　東京都文京区西片2-19-18　新書館
[編集部へのご意見・ご感想] ディアプラス編集部「ドリアン・グレイの激しすぎる憂鬱」係
[先生方へのおたより] ディアプラス編集部気付 ○○先生

- 初 出 -
ドリアン・グレイの激しすぎる憂鬱：小説DEAR+19年ナツ号（Vol.74）
ドリアン・グレイのマイ・フェア・ボーイ：書き下ろし
ドリアン・グレイの、僕の名前：書き下ろし

[どりあん・ぐれいのはげしすぎるゆううつ]
ドリアン・グレイの激しすぎる憂鬱

著者：**菅野 彰** すがの・あきら

初版発行：2020 年9月 25日

発行所：株式会社 新書館
[編集] 〒113-0024
東京都文京区西片2-19-18　電話（03）3811-2631
[営業] 〒174-0043
東京都板橋区坂下1-22-14　電話（03）5970-3840
[URL] https://www.shinshokan.co.jp/

印刷・製本：株式会社 光邦

ISBN978-4-403-52514-8

ディアプラスBL小説大賞
作品大募集!!

年齢、性別、経験、プロ・アマ不問!

賞と賞金

大賞：30万円 ＋小説ディアプラス1年分
佳作：10万円 ＋小説ディアプラス1年分
奨励賞：3万円 ＋小説ディアプラス1年分
期待作：1万円 ＋小説ディアプラス1年分

＊トップ賞は必ず掲載!!
＊期待作以上のトップ賞受賞者には、担当編集がつき個別指導!!
＊第4次選考通過以上の希望者の方には、個別に評をお送りします。

内容

■キャラクターとストーリーが魅力的な、商業誌未発表のオリジナルBL小説。
■**Hシーン必須。**
■同人誌掲載作は販売・頒布を停止したもの、ネット発表作品は該当サイトから下ろしたもののみ、投稿可。なお応募作品の出版権、上映などの諸権利が生じた場合、その優先権は新書館が所持いたします。
■二重投稿、他者の権利を侵害する作品の投稿は固く禁じます。

ページ数

◆400字詰め原稿用紙換算で**120**枚以内（手書き原稿不可）。可能ならA4用紙を縦に使用し、20字×20行×2～3段でタテ書き印字してください。原稿にはノンブル（通し番号）をふり、右上をひもなどでとじてください。なお、原稿には作品のストーリー概要を400字以内で必ず添付してください。
◆応募原稿は返却いたしません。必要な方はバックアップをとってください。

しめきり 年2回：1月31日／7月31日（当日消印有効）

発表 1月31日締め切り分……小説ディアプラス・ナツ号誌上（6月20日発売）
7月31日締め切り分……小説ディアプラス・フユ号誌上（12月20日発売）

あて先 〒113-0024 東京都文京区西片2-19-18
株式会社 新書館　ディアプラスBL小説大賞 係

※応募封筒の裏に【タイトル、ページ数、ペンネーム、住所、氏名、年齢、性別、電話番号、メールアドレス、連絡可能な時間帯、作品のテーマ、執筆日数、投稿歴、投稿動機、好きなBL小説家】を明記した紙を貼って送ってください。